KB058953

반짝반짝 나의 서른

조금씩
채워져가는
'나'를
만날 시간

반짝반짝 나의 서른

조선진 글 · 그림

북라이프
booklife

반짝반짝 나의 서른

1판 1쇄 발행 2015년 4월 25일
1판 21쇄 발행 2022년 1월 17일

지은이 | 조선진
발행인 | 홍영태
발행처 | 북라이프
등 록 | 제2011-000096호(2011년 3월 24일)
주 소 | 03991 서울시 마포구 월드컵북로6길 3 이노베이스빌딩 7층
전 화 | (02)338-9449
팩 스 | (02)338-6543
대표메일 | bb@businessbooks.co.kr
홈페이지 | http://www.businessbooks.co.kr
블로그 | http://blog.naver.com/booklife1
페이스북 | thebooklife
ISBN 979-11-85459-09-7 03810

* 잘못된 책은 구입하신 서점에서 바꾸어 드립니다.
* 책값은 뒤표지에 있습니다.
* 북라이프는 (주)비즈니스북스의 임프린트입니다.
* 비즈니스북스에 대한 더 많은 정보가 필요하신 분은 홈페이지를 방문해 주시기 바랍니다.

"우리가 순간을 붙잡고 있는 줄 알았는데
순간이 우리를 붙잡는 것 같아."

– 영화 〈보이후드〉 중

서른 즈음 우리에게 생긴 일

서른이 되던 해의 아침을 기억한다.
어제까지 스물아홉이던 나는
자고 일어나니 서른이 되어 있었고
지금까지 한 살 두 살 생각 없이 시간을 보내는 것과는 아주 다른,
이해할 수 없던 감정들이
딱 한마디로 정의 된 날이기도 했다.

뭐 별거 없네.

서른이 되면 뭐가 어마어마하게 바뀔 거라 기대했던 걸까.
참으로 허무했다.

서른이 되던 날 아침에도 나는
오늘은 무슨 옷을 입어야 하나 고민하고
점심은 뭘 먹을지 고민하고
그날 해야 할 일에 대해 생각하며
어제와 다를 것 없는 하루를 또 보냈다.

하지만 나는 어제보다 빛이 나고 있다는 생각을 했다.
더해가는 시간만큼
나 자신과 더 깊은 관계를 맺을 수 있다는 기대도 했다.

별 다를 것 없는 하루, 별 다를 것 없는 매일.
지나가면 아무것도 아닐 일들을 그렇게 지나쳐보내며
나름대로 차근차근 열심히 걷던 중
잠시 멈추어 서게 된 어느 날.
어떻게 달려왔나 뒤를 돌아보는
서른 즈음의 풍경들에 대해
그림을 그리고 글을 썼다.
나처럼 가슴이 두근거렸을 누군가와
함께 이야기하고 싶었다.

서른, 우리는 반짝이는 사람이 되고 있다는 것을 잊지 말고
지금 이 순간을 사랑해야겠다고.

차례

제1장

YOUTH. 나 아직 '청춘'일까?

제2장

LOVE. 다시 사랑이 올까?

제3장

WORK. 낭만적 밥벌이는 환상일까?

제4장

HAPPY. 어떻게 해야 행복할 수 있을까?

제5장

TRAVEL. 다시 배낭을 메고 떠날 수 있을까?

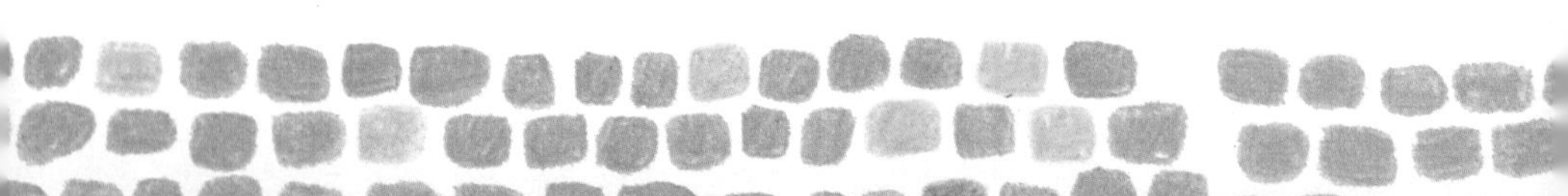

제6장

LIFE. 별일 없이 살고 싶어

제1장

YOUTH

나 아직 '청춘'일까?

Goal!

호르몬

나이가 들면 여자는 남성호르몬이,
남자는 여성호르몬이 더 많이 분비된다고 한다.
그래서인지
아빠는 어느 날부턴가 뚝딱뚝딱 밥을 하는 데
재미를 붙이기 시작했고
나는 소파에 드러누워
축구를 보기 시작했다.

입버릇

아무렇지 않게 목이 늘어난 티셔츠를 입고
빗질도 안 한 부스스한 머리에 모자 하나 눌러쓰고
문 밖을 나서는 나를 느낀 순간,
이건 아니라는 생각이 들었다.
예전엔 동네 슈퍼를 갈 때에도 비비크림은 바르고 나가는 게 예의라 생각했는데
이젠 맨얼굴도 뻔뻔해지는 나이가 되었나 보다.

인정하고 싶지는 않지만
요즘 나도 모르게
예전에는, 우리 때는, 나이가 드니까…
이런 말들이 입버릇처럼 붙기 시작했다.
'예전에는' 어른들이 그런 말로 이야기를 시작하면
고리타분하다는 생각이 먼저 들었는데
내 입에서 아무렇지 않게 나오는 날이 올 줄은 몰랐다.

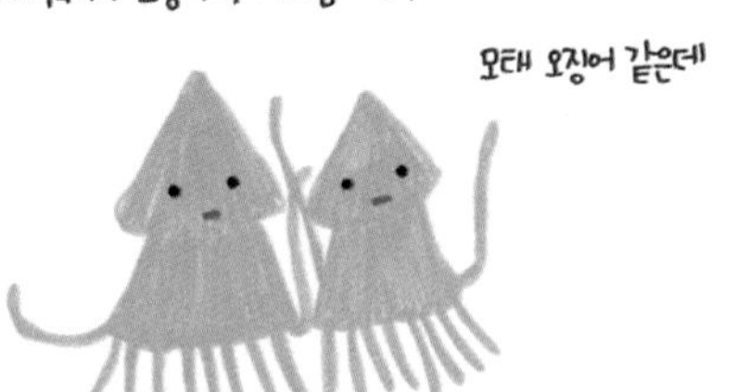

내가 예전에는 사람이었는데 말야 …

하이힐 위에서 바라본 세상

스물세 살, 어느 기념일.
그때 만났던 남자는 나에게 10센티짜리 높은 구두를 선물했다.
신데렐라의 유리구두처럼 발에 딱 맞는 구두는
반짝반짝 빛이 났지만.
나는 어쩐지 높은 그 구두가 어색하기만 했다.

고작 10센티 높은 곳에서 바라보는 세상이 뭐 그리 다르겠어.

그런데 내 눈에 보이는, 항상 봐 왔던 익숙한 것들이
갑자기 커다란 무게를 가지고 주저앉은 듯 보였다.
이상한 나라의 앨리스가 이런 기분이었을지도 모르겠다는 생각과 함께
그 높이만큼 어른이 된 것 같아 조금은 우쭐했다.

이제는 10센티가 아니라
12센티짜리 힐을 신고 달려도
어색하지 않은 '어른'이 되었지만
나는 그냥 운동화가 편하다.

나의 눈높이에서 보이는 것들만 사랑하기에도 벅찬데
굳이 높은 구두 위에서 먼 곳까지 내다볼 필요는 없지 않은가.

낮은 운동화를 신으면 더 멀리 볼 순 없겠지만,
더 멀리 달릴 순 있을 테니까.

이제 난 그러고 싶다.
위에서 내려다보는 것 말고
땅과 아주 가까이 맞닿은 채
나의 현실을 바라보고 싶다.

성 안의 사람들과 성 밖의 나

넌 결혼하지 마.
능력 있으면 그냥 혼자 살아.
예전엔 나도 하고 싶은 대로 다 하며 살았는데 결혼하면 그런 거 절대 못해.
집안일에 치이고 육아에 치이고 내 일은 또 일대로 날 힘들게 하고.
슈퍼우먼이 되고 싶어서 되는 게 아니라 어쩔 수 없이 된다니까.

결혼한 지 2년차.
이제 막 귀여운 아기를 낳은 친구가 한숨을 푹푹 내쉬며 손사래를 친다.
그렇게 결혼 별거 없다고 말하다가도
막 옹알이를 시작한 아기 얘기를 할 땐 눈이 반짝반짝.
어느새 남편 들어올 시간이라 일어서야 한다며
다음에 또 언제 볼 수 있나 서운해 하는 표정을 보니
찬 힌들어 보이기도 하고 예뻐 보이기도 하고, 마음이 복잡해진다.

아줌마는 되고 싶지 않아. 능력 있는 여자로 근사하게 살 거야.
라고 말하지만,
성 밖의 사람들은 성 안에 들어가고 싶어 하고
성 안의 사람들은 성을 벗어나고 싶어 한다.
결혼은 늘 내게 있어 성 안의 무엇이다.
성 안에 무엇이 있을지 무섭기도 하지만, 궁금한 것도 사실이다.

무엇보다 내가 결혼할 수 있을지 궁금하다 …

이모 말고 누나

이모
이모
이모 이모 이모
이모 이모
이모
이모 말고
누나라고 불러줄래.
제발!

우연히 발견한 엄마의 스무 살적 사진

책상 서랍에서 우연히 엄마의 사진을 발견했다.
앳된 얼굴의 엄마에게서 내 얼굴이 보인다.
문득 신기하다는 생각이 들었다.

나이가 들어간다는 것.

내가 엄마의 어릴 적 모습에서 내 얼굴을 찾듯이
나를 보며 엄마는 엄마의 서른을 떠올릴까.
나는 내 얼굴로 산다고 생각하지만,
사실은 엄마의 젊은 시절 모습으로 살아가는 걸지도 모른다.

예쁘게 살고 싶다.
엄마가 나를 보며
나도 저런 모습이었구나 생각할 수 있게
예쁘게 나이 들어가고 싶다.

가시

어렸을 땐 그랬다.
그 사람이 좋은 만큼
그의 곁에 있고 싶었고
혼자보다는 둘이 있는 게 좋았다.
그래서 혼자일 때는 항상 외롭다고 느꼈다.

그렇게 몇 번의 연애가 지나갔고,
나이가 듦에 따라 조금씩 연애의 방식도, 습관도 변하면서
나는 둘도 좋지만 혼자 있는 게 편해졌다.

혼자라도 괜찮아.
나는 혼자서도 시간을 잘 보내.
나는 혼자서 하는 여행이 좋아.
혼자서 여유롭게 보내는 한낮의 커피타임이 좋고,

뚝딱뚝딱 요리를 해서 예쁜 그릇에 담아
좋아하는 영화를 보며 먹는게 좋아.
혼자서도 충분히 즐거워.

그렇게 나는
혼자 있는 법을 배웠지만
외로움이 두려워
아무도 다가오지 못하게
가시를 키운 건 아닌지.

세상의 모든 낡은 것들

옷은 이렇게 많은데 왜 입을 옷이 없지?

계절이 바뀔 때마다 하는 생각.
작년엔 대체 뭘 입었나 하며 옷장을 정리하다 문득 깨달았다.
재작년에 입었던 초록색 니트를 작년에는 입지 않았다는 걸.
그 니트는 올해도 입지 않을 게 뻔하다.
왜 내 옷장에는 입지도 않을 초록색 니트가 몇 년째 있는 걸까.
입지 않을 걸 알면서도 왜 못 버리는 걸까?

모든 게 그렇다.
손에 한번 들어온 걸 놓지 못하는 것.
이미 인연이 끝났다는 걸 알면서도
손에 쥐고 놓지 못하는 것.

옷 한 벌도 그런데 사람과 사람 사이의 일은 어떨까.
일도 사람도 되도록이면 놓지 않으려 했던
지난 시절의 나를 떠올려봤다.

인연이 끝난 것들에 대해 미련 없이 보내주는 것.
그건 포기가 아닌 용기다.

초록색 니트는
초록색을 좋아하는 친구에게 줘야겠다.
분명 나보다 더 예쁘게 입어주겠지.

송편을 빚다가

...
...
...
!!!
???
아몰라 아빠가 가지 말랬어0
이기집애야 시집은 언제갈래!
헐, 내가언제..

대체 서른이 뭘까

스무 살이 되면 어떤 기분이야?

열아홉 살이었을 때 스무 살 언니에게 물어봤다.

어쩐지 정말 어른이 되는 것 같은 기분에 설레면서도
한편으로는 두렵기도 했다.
그때부터 재미삼아 나는 매년 연말 즈음이면
나보다 한 해를 먼저 사는 언니에게
스물하나는 어때, 스물둘은 어때 하고 물어보곤 했다.

그리고 스물아홉.
서른을 눈앞에 둔 나는 별나게 울렁이는 마음을 안고 물어봤다.
그건 열아홉이 스무 살을 바라보는 기분과는 사뭇 달랐다.

서른? 뭐 별거 없어.
남들이 서른, 서른 하길래 그게 대체 뭔가 했는데
막상 서른 살의 한 해를 보내고 나니까
스물아홉이나 서른이나 다를 게 뭔가 싶다.

서른이 뭘까.
여자의 서른에는 많은 것들이 포함되어 있는 것 같다.
군대를 다녀와야 하는 남자보다
2년 정도 일찍 졸업해서 취직을 하고
또 그렇게 회사를 다니면서 연차도 쌓이고
일이 익숙해진 만큼
지루함이나 무기력함도 쌓일 테고
몇 번의 반복되는 연애와
나이가 찼으니 이제 결혼해야 하지 않느냐 라는
주위의 압박.

스무 살의 내가 서른의 내 모습을 상상했을 땐
모든 걸 다 갖춘 완벽한 여자의 모습이었다.
그 땐 서른이 아주 먼 미래의 모습이라 생각했으니까.
그때쯤이면 결혼도 했겠지.
일도 적당히 잘하고 있지 않을까.
물론 현실은 그렇지 않다.

서른에 대한 궁금증은
해가 바뀌고 떡국을 한 그릇 먹고,

내가 진짜 서른 살이 되면서 풀렸다.

우리는 둥근 원을 따라 계속 달리고 있다고 생각한다.
삶이 끝날 때까지 그 원을 따라 달려야 하는데
서른이란 나이는 그 원의 첫 시작점 정도인 것 같다.
한 바퀴를 돌아서 처음 섰던 자리에 왔고
어떻게 왔나, 이제 한번 돌아봤으니 어떻게 더 잘 돌아볼까 생각하는 자리.
그게 서른인 것 같다.

그 나이를 넘기면서 다음 해를 궁금해하던 버릇은 없어졌다.
무엇보다 가장 중요한 건, 바로 지금이라는 걸 알았으니까.
커다란 계획을 세우고 그걸 위해 굳이 달려 나가지 않아도
매일을 즐겁게 살다보면
다시 원을 한 바퀴 돌고
뒤돌아보는 그 순간이 온다.
그때까지는,
즐겁게 열심히 달리기로 했다.

이런 내가 제법 근사하게 느껴진다.

알고 있잖아

너도 이미 알고 있잖아.
너무 멀어 끝이 보이지 않아도
그건 보이지 않는 것일 뿐 없는 건 아니라는 걸.
시간이 우리를 그곳에 다다르게 해줄 거란 걸.

그때가 오면 아무것도 아닌 일이 될 무언가를 위해
너무 고민하지 말고 두려워하지도 말고
그냥 열심히 가보는 거야.

코트를 입어야 할 계절과 코트를 벗어야 할 계절

한 해가 가는 걸 내내 느끼지 못하고 있다가
코트를 꺼내 입으며
이렇게 또 겨울이 오는구나 했다.

아쉽다.
무언가가 끝나간다는 것.
코트를 보며 한참이나 먹먹했다.
나는 끝나가는 모든 것들이 두렵다.

하지만 코트를 입어야 할 계절이 오면,
언젠가 코트를 벗어야 할 계절도 온다.

곧 봄이 오겠지.
겨울의 시작만큼 봄도 오고 있는 중이겠지.

냉정한 것, 상처받기 싫은 것

떠나고
떠나보내야 하고
버려야 하는 순간마다
망설이지 않는 나를 보며
크게 사랑하는 게 없는 사람 같아 조금 슬퍼졌다.

나이를 먹으며 사랑하는 것들이 차곡차곡 쌓이고,
그래서 소중한 것들이 많아졌다고 생각했는데
나는 아직도 결정적인 순간에는 냉정해진다.
그 차가운 마음은 어디서 오는 걸까.
사실은 상처받고 싶지 않은 마음인 걸까.

빈털터리 같은 나의 마음에
따스함과 용기가 깃들었으면 좋겠다.

되어가는 중

나는 여전히 서툴고
잘하는 것보다는 못하는 게 더 많고
인간관계도 어렵고
먹고 사는 문제, 일, 사랑
뭐 하나 완벽하게 하는 거 없이 헤매고 있다.

하지만 잘못되고 있다는 생각은 하지 않기로 했다.
나는 마흔이 되어도 쉰이 되어도
그럴 거라는 걸 안다.

다만 노력할 거다.
옳기 위해 노력하고
잘하기 위해 노력하고
따뜻해지기 위해 노력하고
유쾌해지기 위해 노력하고
예뻐지기 위해 노력할 거다.

서툴지만
나는 그런 사람이 되어가고 있다.

지나가는 길에 잠깐 들렀어

지나가는 길에 잠깐 들렀어.
오늘따라 꽃이 예뻐 보이더라.

보라색 꽃을 한아름 든 남자가
얼굴을 붉히며 말했다.
나는 그때 생각했다.
이 사람을 사랑해야겠다고.

세상의 무수한 아름다운 것들 중
꽃을 보고 나를 생각해주는 사람.
꽃다발을 내밀며 얼굴을 붉힐 줄 아는 사람.

나이를 먹고 사회에 물들면서
다시는 그런 순수하고 수줍은 사랑은 없을 줄 알았다.
그런 건 어릴 때나 할 수 있는 거고
나이가 들며 소멸되는 거라 믿었다

그런데 마치 첫사랑을 시작한 열일곱 살 소년의 얼굴로
수줍게 말하는 그를 보고 나는 알게 되었다.
그래, 사랑에서만큼은 이 사람은 청춘이구나.

그건 소멸되거나 잃어버리는 게 아니었어.
가슴 안에 누구나 있는데 잊고 사는 것뿐일지도.

나도 언젠가
지나가는 길에 들렀어, 하며 꽃을 건네주는
그런 날을 만들어야지.

나의 열일곱 살 얼굴을 마음속에서 꺼내
푸른 봄 같은 마음으로 너를 사랑해야지.

다시 돌아오지 않을 것들만 그리워하다

문득 처음으로 돌아가고 싶어질 때.
의미 따윈 생각하지 않고 밀어붙인 시간들이 야속해질 때.
하지만 그것 또한 내 선택이라는 걸 알아서
아무도 원망할 수 없을 때.
무엇보다
지나간 시간을 되돌릴 수 없다는 걸 알았을 때.

왜 나는,
다시는 돌아오지 않을 것들만
그리워하고 있는 걸까.

Café

꿈꾸는 순간, 우리는 청춘

순수함을 잃었다고
꿈까지 잃어버릴 필요는 없다.
다시 꿈을 꾸게 되는 그 순간,
우리는 청춘이다.

다시 피는 꽃

살면서 찾아오는 모든 일들은 꽃과 같다.
피고 지고. 피고 지고.

우린 언제고 다시 필 수 있는 꽃이다.
지나간 것들은 지나간 시간 속에 잘 묻어두고
담담하게 모든 순간들을 받아들이자.

늘 사철나무처럼 푸르고 싶다

화려한 꽃을 피우지 않아도 괜찮으니
늘 사철나무처럼 푸르고 싶어.

나를 안아주는 시간

거울을 봤다.
어제보다 하루의 나이를 더 먹은 내가 서 있었다.
피부는 조금 더 안 좋아진 것 같고
피곤해 보였지만
어제보다 더 예뻐 보였다.

나이가 든다는 건 늙어가는 게 아니라
채워지는 거라고 생각한다.
기쁘고
슬프고
화가 나고
지루하고
신이 나고….
20대 때는 아무렇지 않게 흘려보낸 감정들을
이제는 진심으로 느끼고 다스리는 법을
알게 됐다.

그 과정들이 때론 나를
아프고 지치게 했지만
크고 작은 경험들로 채워져가는
나를 보며,

멋진 어른의 모습에
한 발짝 다가가고 있다는 생각을 해본다.

나는 채워지는 중이다.
거울 속의 내가 어제의 나보다 예쁜 모습이길 바라면서
오늘이 지나면 하루의 나이만큼 더 채워지길 바라면서
나를 똑바로 바라보았다.
잘하고 있다고 안아주고 싶었다.

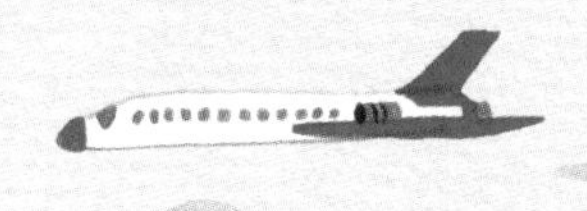

제2장

LOVE

다시 사랑이 올까?

시큰둥 세포

불금인데 뭐하냐는 질문에
이제는 굳이 약속이 있는 척 둘러대지도 않는다.
빨리 집에 가서 가장 편한 옷으로 갈아입고
피자와 맥주를 놓고는 티브이 앞에 앉고 싶은 마음뿐이다.

그렇게 해서 연애는 어떻게 하니?
연애? 글쎄. 해도 그만 안 해도 그만.

나이가 들면서 사람의 뇌세포가 조금씩 파괴된다고 하는데
나의 연애세포도 함께 사라지고 있나 보다.
그리고 그 자리에 시큰둥 세포가 자라나고 있다.

시큰둥 세포는 스무 살의 연애세포만큼 강력한 것이어서
한번 증식하기 시작하면 한 인간의 체질을 완전히 바꿔버린다.
그 증상은 다음과 같다.

귀찮아.
피곤해.

위의 두 가지 말을 내뱉는 빈도가 잦아졌다면 의심해봐야 한다.

그리고 아래와 같은 행동까지 한다면 당신의 몸에도 이미 시큰둥 세포가 퍼.져.나.갔.다.는 뜻이다.

가방과 지갑의 사이즈가 작아진다(손에 걸리적거리는 것의 최소화).

침대 혹은 소파에 눌어붙는 경지를 넘어 보호색을 띄는 경우가 생긴다.

집에서 20분 거리가 넘는 구역을 가야 할 때면 12시간이 넘는 장거리 비행과도 맞먹는 심리적 피로감이 몰려온다.

미장원에서 머리를 감겨주는 스태프가 남자여도 몸에서 아무런 반응이 일어나지 않는다.

관계의 정의

K는 오랫동안 친구 사이로 지내던 남자와 최근에 연인 사이가 됐다.
남녀사이에도 우정이 존재한다며 그것을 증명하는 것으로 20대를 버티더니
결국 서른이 되던 해에 서로의 마음을 확인했다는 망언(?)을 했다.

사랑에 빠지면 예뻐진다는 말은 정말 진리인 것 같다.
살이 빠진 그녀의 얼굴은 스스로 입체적인 라인을 만들어내고 있었고
시름시름 빛을 잃어가는 친구들 무리에서 홀로 화사함을 뽐내고 있었다.

친구에서 연인이 되니
그동안 우리 사이에 사용했던 주파수의 영역이 달라진 것 같아.
사소한 물음표 하나에서도 의미를 해석해내야 하니
피곤하긴 하지만 그래도 새롭고 재밌어.

나는 먼저 고백을 했다는 그녀의 용기에 감탄하지 않을 수 없었다.
자칫 깨질 수도 있던 관계를 새롭게 발전시켜나가는 데 성공했기 때문이다.
설사 고백의 결과가 달랐어도 이건 대단한 일이다.

우리는 무슨 사이일까?
이에 대한 고민으로 20대를 보내왔다는 생각이 문득 들었다.
그게 '썸'이든 사귀는 사이든,

시간이 지날수록 관계에 대한 정의는 계속해서 이뤄진다.
불안함 혹은 시간 낭비를 막기 위함 등 여러 가지 이유가 있을 것이다.
하지만 세상에는 규정 지을 수 없는 관계라는 게 있더라.
죽었던 관계가 시간이 흘러 다시 살아나기도 하고
어제까지 생기 넘쳤던 사이가 오늘 어긋나는 경우도 참 많다.

어쨌든, 난 그녀가 진심으로 부러웠고 진심으로 축하해주고 싶었다.
익숙했던 관계에 제2막을 열었으니 말이다.

이별 풍경

옆 테이블의 남자가 운다.
고개를 숙이고 눈물을 뚝뚝 떨궈낸다.
여자는 의자에 몸을 기댄 채 울고 있는 남자를 바라본다.
눈이 차갑게 식었다.
여자는 사랑이 끝났고
남자는 끝나는 사랑을 받아들이고 있는 중이다.

안국동의 이 작은 카페엔 수다를 떠는 사람들보다는
혼자 작업을 하거나 책을 보러 온 사람들이 많아 항상 조용한데
지금 이곳엔
언제나처럼 드문드문 책장을 넘기는 소리,
키보드 소리,
잔잔한 음악 소리가 있고
뚝뚝 떨어지는 한 남자의 눈물 소리까지 함께 있다.

사랑의 끝이 이다지도 별거 아닌 일상의 소리들과 함께라니.
이별도 별거 아니구나.

식어버린 커피 두잔,

반지 하나,

잔잔한 음악 소리 사이
음표 몇 개.

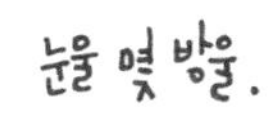

눈물 몇 방울.

역사는 반복된다

"결정적인 세계사적 사건은 반복된다.
그리고 그것은 한 번은 비극(tragedy)으로,
또 한 번은 소극(farce)으로 끝난다."

칼 마르크스의 말은 다음과 같이 연애에도 적용해볼 수 있다.

"(연애의) 역사는 반복된다.
그리고 그것은 계속해서 비극으로 끝나다가,
딱 한 번 해피엔딩으로 끝난다."

주의) 해피엔딩 이후의 삶은 각자의 몫.

사랑에 베여도
나는 다시
사랑,

영원하다고 생각하는 걸까

사랑은 영원하다고 생각해.
사람이 변하는 거지 사랑은 변하는 게 아니야.

이 말이 틀리다는 걸
이제는 알지만
그래도 믿고 싶다.
믿고 지키고 싶다.

그런 시간

지금도 그를 생각하면
마을버스를 기다릴 수 없어 운동화를 고쳐 신고는
지하철 역부터 뛰어왔다며
땀을 뻘뻘 흘리며 활짝 웃던 모습이 떠오른다.
여름밤의 공기에 뒤섞인 그의 땀 냄새는 달큰했다.

수천 개의 시간이 지나고
수백 개의 날들이 지나고
그렇게 몇 번의 계절이 바뀌고
이제는 얼굴조차 가물가물한데
왜 그날 밤의 공기는 이리도 생생한 걸까.

그의 손을 잡아도 더 이상 설레지 않던 날
여전히 날 위해 운동화를 고쳐 신는 그를 보고도
더 이상 가슴이 뛰지 않던 날
나는 이별을 예감했고
점차 식어가는 한여름 밤의 열기처럼
우리의 시간들도 저 멀리 사라져갔다.

그는 말했다.
너는 마음속에 늘 무언가를 품고 살아야 하는 사람이라
내가 아니어도 금방 다른 걸로 채워 넣을 거야.

하지만
어떤 노래 가사처럼
그 시간을 빼면 내 인생에 무엇도 남을 것 같지 않아
절대로 놓을 수 없는 그런 시간이라는 걸 그는 모른다.
그날의 공기가 이렇게 살아 있다는 걸.

사랑은 우습게도

사랑은 우습게도
결국 사랑을 함으로써 변질된다.

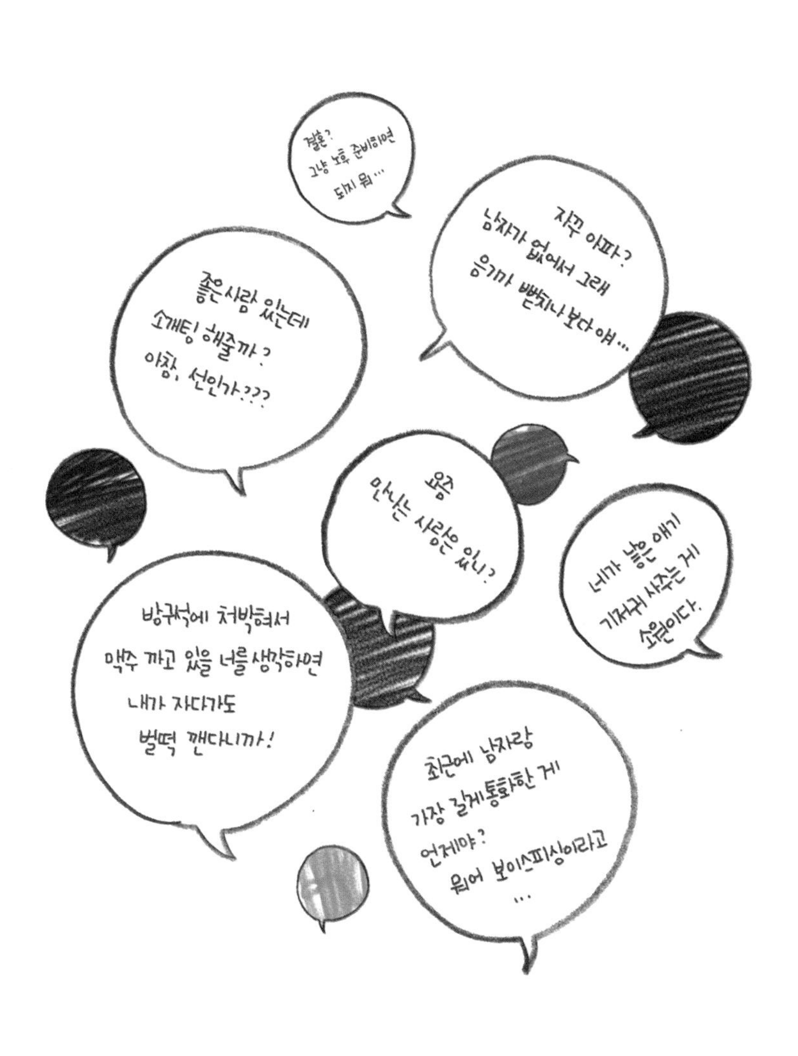
결혼? 그냥 노후 준비하면 되지 뭐…
자꾸 아파? 남자가 없어서 그래 응가까 빨치나 보다 얘…
좋은 사람 있는데 소개팅 해줄까? 아참, 선인가???
요즘 만나는 사람은 있니?
너가 낳은 애기 기저귀 사주는 게 소원이다.
방구석에 처박혀서 맥주 까고 있을 너를 생각하면 내가 자다가도 벌떡 깬다니까!
최근에 남자랑 가장 길게 통화한 게 언제야? 뭐어 보이스피싱이라고…

언제 결혼할래 2

자꾸 물어보시는 여러분들을 위해
청첩장을 만들었습니다.

여러분, 저는 수요일쯤 결혼합니다.

Wedding

보통의 연애

보통의 연애가 어려운 이유는
연애에 보통은 없기 때문이다.

I just don't know
if love is enough any more.

?
걘
왜 그런걸까?
걘
왜 그런걸까?
?
걘
왜 그런걸까?
?

건강하지 못한 연애

나는 너의 마음을
다른 사람에게 물어보았다.

그 사람은 왜 그런 걸까?
이건 무슨 뜻이지?
남자들은 원래 그래?

상처를 가진 채 커버린 마음

나한테 연애는, 내가 프랑스에 가고 싶을 때 갈 수 있어야 하는 거야.
프랑스에 가는 건 너를 위해 가는 거였으면 좋겠어. 나를 위해 오지는 마.

냉정하게 말하는 빅에게 캐리는 맥도날드에서 사온 프렌치프라이를 집어 던진다.

〈Sex and the City〉의 시즌이 끝날 때까지
빅과 캐리의 어긋남을 보여주는 모습들 중 내가 가장 기억에 남는 건
바로 이 장면이었다.
자신의 곁을 쉽사리 내주지 않는 빅의 모습에 캐리는 늘 안달이 나 있고, 어떻게든 그의 여자로 '인정'받기 위해 애를 쓴다. 결국 파리로 떠나게 되는 빅을 위해 자신이 그토록 사랑하는 뉴욕까지 포기하려 하지만, 그런 노력 따위 관심 없는 빅은 그렇게 한 마디를 던진다. 빅이라는 남자가 갖고 있는 '재수없음'이 절정을 친다(물론 결국 결말은 해피엔딩이지만 이렇게 위험한 요소를 잠재하고 있는 남자는 싫다).

주체할 수 없이 감정이입을 하면서 그 둘을 욕했지만
사실 다시는 보기 싫었던 나의 지난 연애들을 들춰보는 것 같았다.
그래서 화가 났고 한심했고 아팠다.

상대를 온전히 가져야 마음이 편했던 시절이 있었다.
나를 그의 사람으로 최적화시키면 더 많이 사랑받을 수 있다고 생각했었다.

그를 얻는 만큼 나를 잃어가는 고통이 더 컸지만 사랑은 원래 그런 것이라 믿었다.

둘이 나눠야 할 사랑을 온전히 하나가 감당하려고 한다면
그 누가 버틸 수 있을까.

기대고 싶은 마음과 밀어내려는 마음의 힘겨루기로
서로의 마음이 엉키고
서로의 마음을 할퀴고.

이제는 사랑에 무리하지 않기로 다짐하고는
딱딱하게 굳어버리는 쪽을 택했는데
또 다시 아프다.

가끔 연습했어

가끔은 거울을 보고 연습했다.
가끔은 책을 보다가 연습했다.
어떤 날은 티브이를 보다가도 연습했다.
너와 마주치면 무슨 말을 제일 먼저 해야 할지
어떤 표정을 지어야 할지 연습했다.

사실은

그때 하지 못했던 말이 있어.

미안해.

Merry Christmas Mr. Lawrence

매년 크리스마스엔 무슨 일이 있더라도 함께해.

결국은 지키지 못했던 그 약속.
지금 생각하면 철없던 약속을
그렇게 쉽게 할 수 있었던 이유는
우리에겐 아무런 조건도 없었기 때문이다.
끝이란 걸 단 한 번도 생각해보지 않았던
순도 100퍼센트의 사랑.

해마다 어김없이 다가오는 12월, 크리스마스 시즌.
이미 지나가버린 사랑의 기억들은 시간과 함께 사라져간 지 오래인데,
매년 크리스마스엔 함께하자던 그 약속과 같이 들었던 그 음악,
Merry Christmas Mr. Lawrence.

흐린 먼지 같은 추억 사이로 그것만 새것같이 반짝인다.

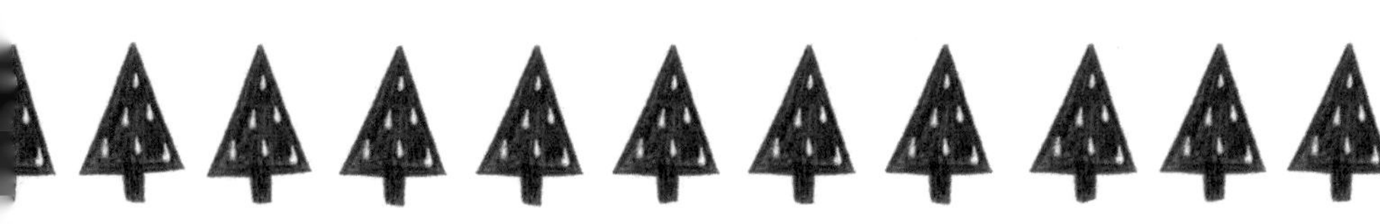

애틋하기도 하고 아련하기도 한 그 순간순간의 영상들.
나는 마치 오래 전에 찍은 빛바랜 사진을 들여다본듯
어쩐지 아련해진다.
지키지 못했던 약속에 대한 처량함과 아쉬움.
그래도 이렇게 오래 기억하게 될 줄은 몰랐는데.

일년 삼백육십오일 중 단 하루.
어쩌면 평생 다시 할 수 없을
순도 100퍼센트의 사랑에게,

메리크리스마스, 미스터 로렌스.

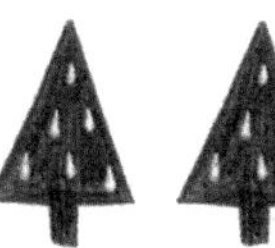
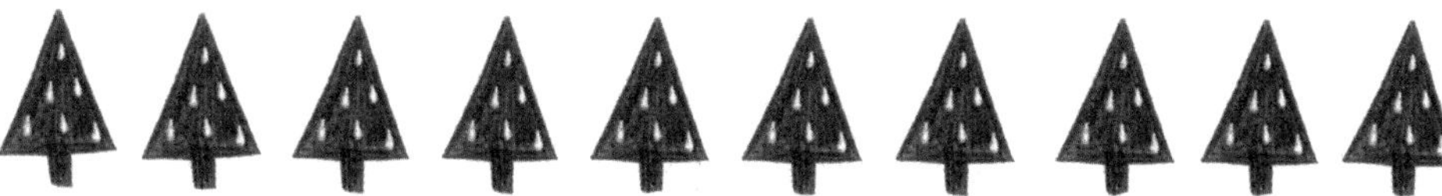
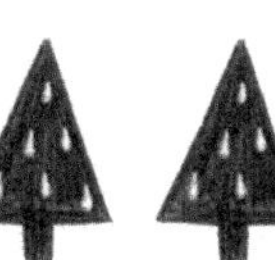

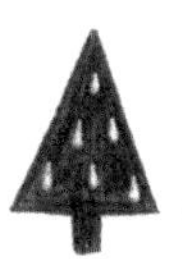

잠들기 전 오 분

일을 마치고
불을 끄고
이불을 덮고
눈을 감으니
모든 게 멀기만 하다.

가장 아득하고
가장 외로운 시간.

잠들기 전 오 분.

꿈꿔서 좋은 것

비행기 옆자리에 앉은 그와 이야기를 나누며 시작되는 로맨스.
조용한 도서관, 내 키가 닿지 않는 곳의 책을 꺼내려 까치발을 하고 있을 때
성큼 다가와 무심하게 책을 꺼내주며 시작되는 로맨스.
친구 대신 나간 소개팅에서 만난 그 남자와 죽이 잘 맞아 시작되는 로맨스.

아직도 그런 사랑을 믿느냐고 주변 사람들은 타박을 하지만
그냥 꿈꿔서 좋은 것도 있잖아.

이어폰을 나눠 끼고 싶은 계절

가벼운 운동화 차림으로 뛰놀던 초록색 여름이 가고
두꺼운 코트로 몸을 감싸는 겨울이 오기 바로 전,
여름과 겨울 사이의 그 계절을 좋아한다.

적당한 두께의 카디건을 입고
적당한 온도의 아메리카노를 마시며
누군가와 이어폰을 나눠 낄 수 있는 그 시간.

다가오는 계절 사이에
그런 사람이 곁에 있기를.

사랑의 감정

몽글몽글 올라오는 사랑의 감정이란
이를테면 먼 곳에 있는 누군가의 목소리나 잔상 같다.
아주 선명하게 잡히지는 않지만
내 마음을 은은하게 감싸 도는 그런 것.
어쩌면 눈을 감아야만 보이는 그런 것.

습관 버리기

간만에 만난 H의 주제는 여전히 '그'였다.
H의 인생에 그가 등장한 건 20대 초반이었다.
20대 중반까지 연인이었던 그는 잠시 관계의 휴식기를 가진 후 친구가 됐다.
물론 두 사람이 친구 사이가 되기까지에는 많은 시간과 사건들이 필요했지만
여전히 나에게 그를 이야기하는 H의 모습을 보면
그를 곁에 두고 있는 목적이 뭔지 알쏭달쏭할 때가 많았다.
각자의 연애가 없었던 건 아니다. 하지만 서로 개의치 않아 했다.

그냥 다시 만나지 그래?
한번 헤어진 사이는 다시 만나는 거 아니지. 그리고 그러기에는 아직 내가 못 만나본 남자들이 너무 많잖니? 냐하하
헤어지고 친구가 된 사이는 만나서 뭐해?
너랑 나랑은 만나서 뭐하는데? 그거랑 마찬가지야.

그녀의 반응은 늘 같았다.

그런데 얼마 전 만난 H의 얼굴이 조금 복잡해 보였다.
그녀석이 만나는 사람이 생겼는데 전과는 조금 달랐다고 한다. 자신이 연락하는 걸 불편해하는 눈치인 거 같아서 조금 뜸해졌었는데 결혼을 하게 됐다고 연락이 왔단다. 축하해 달라며.

사실 처음에는 배신감이 들었어. 나한테 어떻게 이럴 수 있지 하는. 그러다가 그에게 미련이 이렇게도 컸나 생각해봤는데 그것보다는 두려웠던 것 같아. 너무 오랫동안 내 삶에서 존재감을 차지하고 있었기 때문에 그 사람이 내 인생에서 빠진다는 걸 상상해본 적이 없었거든. 우리는 서로에게 습관이었던 것 같아. 때마다 서로를 찾는 나쁜 습관.

뭔가 착잡하고 씁쓸하지만 그렇다고 울기에는 좀 어정쩡한 마음이
그녀의 얼굴에 고스란히 드러나고 있었다.
고개를 주억거리며 열심히 이야기를 듣다가
이제 우리 나이도 앞자리가 바뀌었는데 뉴페이스 얘기 좀 듣자, 라는
응원 한 마디를 해주는 게 내가 할 수 있는 전부였다.

그녀는 운동을 시작했다고 한다.
사람의 습관을 바꾸는 데 가장 좋은 방법 중 하나가 운동이라며,
이제 조금씩 용기를 내야겠다며.

서른 즈음,
우리는 사랑을 대하는 방식을 또 하나 배워가고 있다.

제3장

WORK

낭만적 밥벌이는 환상일까?

예전 같지 않아

아침부터 작업 미팅이 있어서 부랴부랴 준비를 하고
구두에 발을 넣으려는데,
순간 멈칫했다.

힐을 신을까, 운동화를 신을까.
그래도 미팅인데 힐을 신어야 하지 않을까.
옷을 깔끔하게 잘 입었으니 운동화도 괜찮을 거야.

20대의 나는 무슨 일이 있어도 하이힐만은 포기하지 못했는데
서른이 넘어가면서 이제 하이힐 정도는 쉽게 포기가 된다.
30대가 되면서 변하는 건
정신적인 것보다 체력적인 게 먼저인 것 같다.

★ 오늘 고른 신발을 색칠해보세요!

여기서 제일
비싼걸로
주세요!

제일 비싼 거

밤새 작업을 하고 잠깐 눈만 붙이고 일어나
세수만 하고 집 근처 카페로 달려간다.
제일 먹고 싶은 거 말고 제일 비싼 거에 토핑을 잔뜩 올린다.

일단 그린티 프라푸치노에 에스프레소 샷 하나 추가해주시고요,
자바칩 넣어서 같이 갈아주세요. 그리고…
휘핑크림이랑 초코 드리즐이랑 통 자바칩 잔뜩 올려주세요!*

멍한 상태로 진동벨이 울리기를 기다리니
거대한 커피가 나온다.

자는 시간을 쪼개가며 일을 했는데
커피믹스를 먹기에는 어쩐지 서글플 것 같아
굳이 이곳을 찾아왔다.

* 별다방의 '슈렉 프라푸치노' 제조법

일의 세포분열

뭐지? 이 줄지 않는 느낌은 ...

SUNDAY
PM 3:00
쿵!
쿵!
SUNDAY PM 5:30
SUNDAY PM 8:00
코미디
빅리그
하하..
MONDAY AM 12:10
check list
MONDAY AM 1:00
난 누구, 여긴 어디..

월요일이란 그런 것

일요일 오후 3~4시경부터 가슴이 두근대기 시작한다.
지는 해와 함께 나의 기운도 쇠하는 것 같다.
〈코미디빅리그〉를 보며 웃지만 웃고 나면 씁쓸한 맛이 돈다.
침대에 누워 머릿속으로 월요일 오전에 대해 여러 번 시뮬레이션 한다.

시계를 보니 새벽 1시.
여전히 잠은 안 온다.

프리랜서로 산다는 것

작가님 그림 언제 받을 수 있어요?^^

...

작가님 메시지 보면 연락주세요!^^

...

작가님 연락이 없으시네요.

연달아 울려대는 메시지 소리에 눈을 떴다.
메시지를 확인하고는
아아–
마치 노래를 하듯이 목을 풀고 전화를 한다.
이런 경우 메시지로 답하는 것보다는
전화를 걸어서 안심시켜주는 게 훨씬 효율적이다.

거의 마무리 됐으니까 오전 중으로 보내드릴게요.

마치 방금까지 열심히 일을 한 것 같은, 한 옥타브 높은 목소리로 말하는데
금방이라도 음이탈이 날 것만 같다.
그렇게 전화를 마치고 이제는 정말 작업을 해야 할 것 같아
엉금엉금 이불에서 기어 나왔다.

부스스한 머리를 대충 손으로 빗고 부은 눈을 반쯤 뜬 채 하는 양치질.
거울 속의 통통 부은 나는 오늘도 참, 그저 그렇다.

회사를 그만두고 프리랜서 일러스트레이터로 산 지 벌써 6년 차.
사람들이 어떤 일을 하냐고 물었을 때,
'프리랜서 일러스트레이터예요.' 하고 말하는 게 이제 낯설지 않다.
그럴 때마다 사람들은 어김없이 부러움의 시선들을 보낸다.

자유롭게 사는 거 정말 부러워요.

하지만 부럽다는 말이 조금 불편할 때도 있다.
나도 처음엔 진짜 그런 줄 알았다. 프리랜서로 산다는 것 말이다.
영화나 드라마에 나오는 여자들처럼 그렇게 살 수 있을지 알았다.
파리나 런던을 여행하며 작업 관련 전화를 받고,
센강 근처의 100년은 됨직한 카페에 앉아
에스프레소를 마시며 스케치를 할 수 있을 줄 알았다.

하지만 현실의 나는 거울 속의 나처럼 그저 그렇다.
파리에서 아침을 맞지도 않고 센강 근처에서 그림을 그리지도 않는다.
에스프레소 대신 믹스커피를 타 마시며

커다란 안경을 끼고 책상 앞에 앉아 그림을 그린다.

물론 회사에 소속되어 있는 것보단 자유롭다.
하지만 어딘가에 소속되어 있지 않다는 것은
자유만큼의 책임감을 부여받는 일이다.
나를 케어해 줄 회사나 상사가 존재하지도 않으니 모든 결정은 내가 해야 하고
그 결정이 잘못되더라도 탓할 사람이 없다.
가끔 이런저런 수다를 떨거나 어떤 일을 의논할 상대가 없어 외롭기도 하고.

모든 일이 다 그렇다.
낮이 있으면 밤이 있듯이 회사원의 삶이나 프리랜서의 삶이나 다 장단점은 있기
마련인데, 마냥 예쁘게만 산다고 생각하는 걸 보면 조금 서운할 때도 있다.
그래도 굳이 이 일에 대한 환상을 깰 필요는 없지 않나 하는 생각에,
요즘은 좀 멋지게 둘러대곤 한다.

날씨가 좋아서 한강에서 맥주 마시면서 스케치 하고 있어요!
#현실은작업실 #그림노예12년

“나는 너를 응원해!”

첫 책을 함께 작업했던 동갑내기 편집자가
일을 그만두고 조그마한 책방을 하겠다고 선언했다.
즉흥적인 결심이 아니라 오랫동안 고민해오던 일이고, 그동안 머릿속에서 잘 그려온 그림을 실제로 도화지에 옮기는 작업이라는 것을 알기 때문에 어깨를 툭툭 두드리며 잘할 수 있을 거라고 응원을 해줬다. 하지만 응원의 말보다 더 큰 걱정 한 마디가 목구멍까지 차올랐다는 건 부인할 수 없다.

근데 그것만으로 밥벌이가 될까.
그 회사 안정적이고 좋던데. 자리 잡을 때까지는 그냥 다니지 그랬어.

다행이 나는 말로 뱉지 않았다.
그녀는 아마 더 많은 고민들을 했을 것이다.
이 나이에 새로운 일을 시작할 때는 나 혼자만의 결정이 전부일 수 없다.
무언가 호기롭게 시작했다가 실패를 할 경우, 복구하는 데에는 제법 많은 (정신적, 육체적, 물리적!) 시간들이 걸리기 때문이다. 만약 그것이 타인의 것들과 얽혀 있다면 일은 제법 복잡해진다.

거기에 플러스, 주변 사람들의 한 마디 한 마디가 눈덩이가 되어 굴러온다.
“걱정이 돼서…”라는 말과 함께.
하지만 그 말이 순수한 걱정인지, 한번 점검해볼 필요가 있다.

'회사'에서 벗어난다는 부러움에 못된 심보가 발동한 건 아닌지.
'나'와 달라지는 것에 대한 비난 아닌 비난인 건 아닌지.

우리 모두가 다 다른 것처럼
모두의 삶도,
그 삶에서의 선택도 다 다르다.
그러니 묵묵하게 믿어주자.
그 사람의 용기에 힘을 실어주자.

실망과 좌절에 관하여

실망이나 좌절은
열심히 한 사람만이 겪을 수 있는 감정이라 생각한다.
그러니,
그런 감정을 느껴봤다는 것만으로도
박수쳐줄 만하다.

비위 맞추기

비위 맞추다의 사전적 의미:
'비위(脾胃)'는 소화액을 분비하는 비장(脾臟)과 음식물을 소화시키는 위장(胃臟)을 합쳐서 칭하는 말이다. 그래서 '비위 맞추다'는 비장과 위장이 서로 협력하여야 소화가 잘 되듯이 어떤 일에 있어서 남의 마음에 들게 해주는 일을 뜻한다.

과하면 체하고
부족하면 배고프다.

비위 맞추는 건 참으로 어렵다.

비장
위장

비장
위장

비장
위장

나는 콩쥐

나는 콩쥐다.
새엄마랑 언니들이 마을잔치에 간 동안
밑 빠진 독을 채우려고 물을 길어 나른다.
두꺼비가 도와줘도 소용이 없다.
두꺼비는 카드 값을 도와주지 않으니까.

오늘도 밑 빠진 통장에 월급을 붓는,
나는 콩쥐다.

내가 해봐서 아는데
그거 안 채워져.
1000
1000
1000

나를 믿을 수 없을 때는
나를 믿어주는 사람을 믿으면 된다.

세 번의 기회가 있대

사람에게는 살면서 딱 세 번의 기회가 있다고 한다.

내가 잘할 수 있는 일이 내게 오는 순간.
내가 좋아하는 일을 할 수 있는 순간.
내가 꿈꾸는 일을 만난 순간.

세 번의 기회를 모두 잡은 사람도 있을 테고
아직 오지 않은 사람도 있을 테고
왔는데 모르고 지나쳐버린 사람도 있을 테지만

세 번의 기회 중에 단 한 번이라도 기회를 잡는다면
그 순간이 내게 온 가장 큰 기회일 것이다.

어른의 조건

재능을 타고난 사람들을 보면
어쩔 수 없는 열등감에 사로잡히고 만다.
처음부터 모차르트가 될 수 없다면
그래 살리에리, 살리에리가 되자,
라며 다짐을 했는데
돌아보니 살리에리는 또 왜 이렇게 많은 걸까.

철학자 니체는
'나를 견뎌내는 것이 인생'이라고 말했다.
이런 나를 인정하고 유쾌하게 지는 법도 아는
매력적인 어른이 되고 싶은데
아직은 조금 버거워하는 날 보면
돈을 벌고 사회생활을 한다고
어른이 되는 건 아니라는 생각이 든다.

질투는 나의 힘

잘해야겠다는 의지보다는
욕심을 한번 내보겠다는 마음.

때로는
질투가 나의 힘이 되기도 한다.

요령

산더미처럼 쌓인 일이 방 한구석에서 어두운 기운을 뿜어내며
'나를 좀 어떻게 해봐' 라는 신호를 보내고 있는데
좀처럼 손이 가지 않는다.
그러다가 담당자들의 독촉에 겨우 정신이 번쩍 들며 몇 날 며칠 또 밤을 샌다.
왜 시간이 있을 때 하지 않았을까 하는 후회와 함께.

한번은 선배에게 물었다.

선배, 나는 갈수록 굼떠지는 것 같아요. 미리 해두면 될 것을 왜 버티고 버티다가 눈앞에 닥쳐야 하는 걸까요?
일머리가 굵어져서 그래.
일머리가 굵어진 게 뭐예요?
이 정도 분량이면 절대적인 시간이 어느 정도 필요하겠다는 걸 아는 거지. 조급한 감이 들어도 그게 무리는 아니라는 걸 경험적으로 깨쳤기 때문에 늑져서 하게 되는 거야.

이런 걸 우리는 '요령'이라고 한다.
나는 일하는 데 필요한 최소한의 에너지만 부릴 줄 아는
탁월한 능력이 생겼다고 좋게 받아들이련다.
오늘도 나는 그 한 번의 클릭 대신 방에서 요령을 피우고 있다.

어떻게든
다 되게 되어있어
하하하하하하하하
하하하하하하
하하하

잘 알지도 못하면서

늦은 밤,
날씨가 선선해진 틈을 타
운동을 한답시고 줄넘기를 들고 밖으로 나왔다.
줄넘기는 하는 둥 마는 둥 하다가
결국 편의점에 들러
맥주 한 캔과 마른 오징어와 땅콩이 한 묶음인 안주거리를 샀다.

까만 하늘, 차가운 밤공기, 혼자인 나, 맥주 한 캔.
모양새가 제법 그럴듯하다 생각하며
까만 비닐봉지를 달랑달랑 거리면서
한강둔치 아무 데나 걸터앉았다.

늦은 밤이라 사람은 보이지 않고,
혼자라 조금 무섭기도 했지만
오징어를 뜯어서 질겅질겅, 맥주를 꿀꺽꿀꺽.
술기운이 살짝 도니 강바람도 차지 않고
무섭기는커녕 낯선 이곳도 내 집인 양 편안하고,
이곳에 혼자 있는 나도 익숙하기만 하다.
드문드문 보이는 사람 구경도 하고 한강의 야경에 감탄도 하며 시간을 보낸다.

낮에 있었던 일을 생각했다.
매사에 긍정적인 나를
속도 없는 사람처럼 본 어떤 이의 얼굴이 떠올랐다.
내가 항상 긍정적인 이유는
그렇게 해야 겨우 버티기 때문이다.
나는 실패감도 좌절감도 잘 느끼는 사람이라
그렇게라도 해서 나의 매일을 견딜 수 있기 때문이다.

잘 알지도 못하면서.

서럽기도 하고, 화나기도 하고, 좀 울고도 싶었는데
남은 건 자존심밖에 없는 나는
나한테도 자존심을 굽히기가 싫었나 보다.
지금도 충분히 약한데 더 약해지면 안 될 것 같아
우는 대신 오징어만 씹었다.

질겅질겅.
씹어 넘기고 싶은 게 참 많은 날.

누구에게나 농담처럼

넘기고 싶은 아픔이 있는 거야.

나와 하는 약속

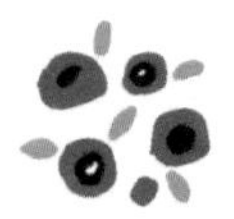

매번 실패하고 좌절해도
나의 그림에는 봄이 있다고 믿는다.

집으로 가는 길

집으로 가는 길.
하루가 저물고 있는 시간.
멍하게 있어도
내 몸이 기억하는 길을
터벅터벅 지나
집으로 가고 있다.

나와는 맞지 않는 사람

일을 하다 보면
좋은 사람이라는 건 아는데
딱히 나에게 무례하게 구는 건 아닌데
그렇다고 편하지는 않아서
계속 평행선처럼 가는 관계가 있다.

B가 그러하다.
그녀와 알고 지낸 건 벌써 2년이 넘어가지만
일에 관한 이야기가 끝나면
우리 둘 사이에는 차마 건널 수 없는 강이 생기는 느낌이다.
그녀와는 동갑이라 어느 정도 일을 하다 보면
우리의 관계가 공적인 관계에서 사적인 관계로
넘어갈 수 있을 거라는 생각을 했었다.
하지만 그건 나의 기대였다는 것을 그녀는 한결같이 보여준다.

2년 전

봄

 날씨가 많이 풀렸어요.

 그러게요. ㅎㅎ

여름

 너무 덥죠? 휴가는 언제 가세요?

 아직 잘… ㅎㅎ

가을

 요즘 하늘 참 예쁜 것 같아요. 가을인가 봐요.

 그러게요. ㅎㅎ

겨울

 정말 추워요. 옷을 몇 겹을 입었는지…

 그러게요. ㅎㅎ

영구불변의 소재인 '날씨'로 공략. 하지만 결과는

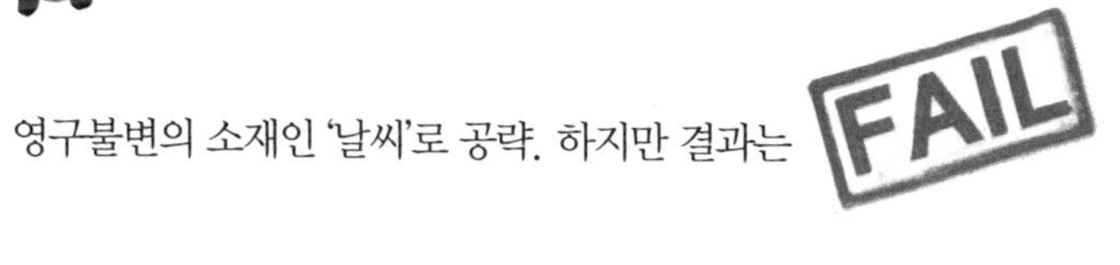

1년 전

봄

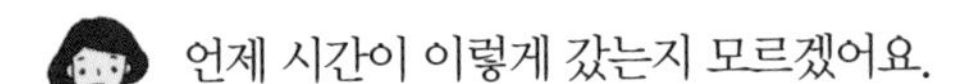
언제 시간이 이렇게 갔는지 모르겠어요.

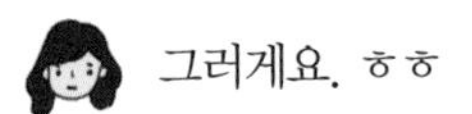
그러게요. ㅎㅎ

여름

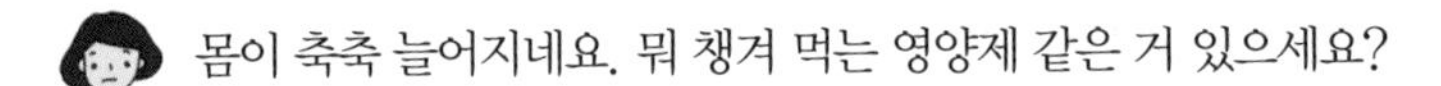
몸이 축축 늘어지네요. 뭐 챙겨 먹는 영양제 같은 거 있으세요?

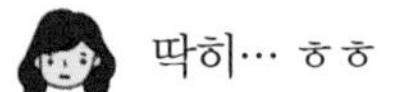
딱히… ㅎㅎ

가을

계절 바뀔 때가 되니까 머리털이 막 빠지는 게 죽겠어요.

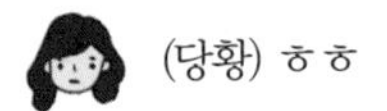
(당황) ㅎㅎ

겨울

이제 몇 개월만 있으면 또 한 살 더 먹네요. 흑흑

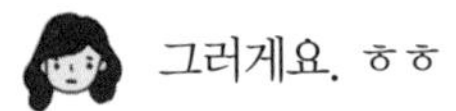
그러게요. ㅎㅎ

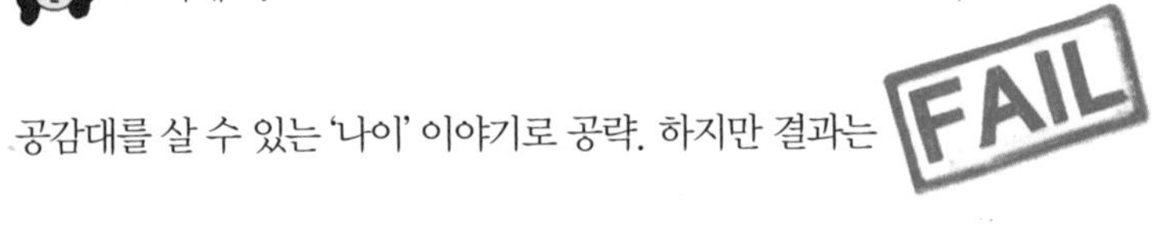
공감대를 살 수 있는 '나이' 이야기로 공략. 하지만 결과는 FAIL

처음에는 '나를 싫어하나? 내가 뭘 잘못했나? 내 작업이 맘에 들지 않나?'
별별 생각을 다했다.
한번 생각이 꽂히니 계속해서 신경이 쓰였는데 이제는 알았다.
그 사람은 그냥 나와는 맞지 않는 사람이라는 걸.
그녀와 나는 그냥 평행선으로 가야 하는 관계라는 걸.
어쩌면 그녀는 나보다 먼저 감지했을 수 있다.
그래서 관계의 진전을 바라는 내가 부담스러웠을지도 모른다.

세상의 모든 관계를 자기의 것으로 쥐고 가려는 건 욕심이다.
나와 관계 맺고 있는 모두의 마음에 들고 그들을 행복하게 해줄 순 없다.
대신 나와 정말 잘 맞는 사람들과는 죽을 때까지 행복하게 지내고 싶다.

이 모든 걸 인정하기까지 오랜 시간이 필요했지만
나의 속은 편해졌고
그녀와는 여전히 어색하게 잘 지내고 있다.

마음의 눈 뜨기

요즘의 나는 하루 종일 책상 앞에 앉아 있어도 선 하나 못 긋는 날이 있고
몇 시간 만에 몇 장이나 그려내는 날도 있다.
그건 심장박동 그래프처럼 들쑥날쑥 왔다갔다하는 거라 이번에도 그런 줄 알았다.
이렇게 안 그려지는 날이 있으면 또 잘 그려지는 날도 있겠지, 하고.

제법 오래가는 무기력함에 눌려 있던 어느 날,
스무 살 적 그림을 다시 꺼내 보았다.
그때는 나의 그림이 빈틈투성이라고 생각했는데
이제와 다시 보니
내가 그토록 채워넣고 싶었던 것들이
거기에 있었다.

나는 그동안 무얼 놓쳤던 걸까,
10년이라는 세월만큼의 허망함이 갑자기 밀려와
잠시 머릿속이 멍해졌다.

지난겨울, 내게는 많은 작업 기회가 찾아왔고,
나는 그것을 받아들이기도 하고 놓쳐버리기도 하면서 시간을 보냈다.
즐거웠지만 무언가를 생각할 시간도 없이 바쁘고 힘들게 보냈고,
단기간에 쉴 새 없이 애쓴 덕에 많은 작업물들이 생겼지만

조금은 지쳐버린 것도 같다.

잘 담근 레몬차를 마실 때의 상큼한 느낌.
길을 걷다 마주치는 작은 고양이와
집으로 돌아오는 길의 해지는 언덕.
일상 속에서 마주치는 많은 것들에
눈길을 주고 담아두고 싶은 것들을
종이 위에 그려내려고 했던 나였는데.

새로운 계절에는, 꾸밈없는 그림을 그려내야겠다.
아무것도 가진 것이 없을 때의 나처럼,
보이는 그대로의 나를,
있는 그대로의 나를 그려내야겠다.

아주 작은 것들,
내 주변의 아주 사소한 것들에 눈을 떠
그것들을 바라보고 싶다.

제4장

HAPPY

어떻게 해야 행복할 수 있을까?

하늘 내려다보기

가끔은 내가 있는 세상을 등지고
하늘을 올려다보는 것도 좋지만
아주 더 가끔은
내가 있는 세상을 굽어보는 것도 괜찮은 일이다.

하늘 올려다보기 말고,
하늘 내려다보기.

소박했던 꿈

작지만 귀엽고 소박했던 꿈이 있었다.
소소했으나 사소하지 않은 마음도 있었다.
그때, 그곳에 두고 온 나의 꿈.

I'm fine

마요네즈 고르기

나는 종종 선택의 순간을 '마요네즈 고르기'라고 표현한다.

슈퍼마켓에 세 가지 마요네즈와 열 가지 마요네즈가 있을 경우
마요네즈를 사러 온 사람들의 반응을 살펴보는 실험에 관한 기사를 본 적이 있다.
실험의 결론은 이렇다.
세 가지 마요네즈가 있는 슈퍼마켓에서는
사람들이 세 가지 중에 고민하다 한 가지를 선택하는데
열 가지가 있는 슈퍼마켓에서는 사람들이 비교하고 고민하다 지쳐서
결국 고르지 못하고 나가는 비율이 훨씬 높았다.

선택지가 많을수록 좋다고 생각했는데 정반대의 결과였다.
그런데 왜 그런 결과가 나왔는지 알 것 같다.
선택의 폭이 넓을 때 오히려 결론 짓지 못하고
도망쳐버리고 싶다는 생각을 해본 적이 있으니까.

내가 그런 때인가 보다.
무언가를 결정하고, 결정한 그 무언가를
숨 쉴 틈도 없이 밀어붙여야 하는 그런 때.
천천히 가고 싶은 마음과 천천히 갈 수 없는 현실.
내가 그런 때인가 보다.

누구나가 겪어야 하고 누구나가 결정해야 하는
그 순간의 선택을 피해 도망치고 싶은 나이.
하지만 누구나 했다고 해서 나도 그럴 필요는 없는데 말이다.

조금 비겁할지 몰라도
가끔은 나를 위해 도망치는 것도 필요하다.
그게 고작 마요네즈를 고르는 정도의 일이라면 말이다.

머리를 감을 때마다

머리를 감으며
오늘 그려야 할 그림들을 생각했다.
머리를 말리니
물기와 함께 좀 전의 계획들이 증발해버렸다.

아, 머리를 감을 때마다…

Pencil eraser for paper

그리움

가까이 있다고 해서
그립지 않은건 아니야.

멀리 있다고 해서
금방 잊혀지는 것도 아니야.

때로 한마디 말보다 밤새워 쓴 긴긴 편지가 좋아서
가까이에 있는 너와 멀리 있는 너에게
손글씨로 마음을 전해.

말 그대로 가벼운 동네 산책

꽃이 피면 김밥 한 줄 사들고
공원 잔디밭으로 가고
비가 오면 우산을 들고 나가
우산 위로 떨어지는 빗소리에 귀 기울여보고
낙엽이 떨어지면 커피 한잔 내려서
창문 너머 청명한 하늘과 붉은 낙엽 구경도 하고
눈이 오면 손바닥만 해도 상관없으니
동그랗게 눈을 뭉쳐 눈사람도 만들어보고.
거기에 시간이 조금 더 있으면
나를 지나쳐가는 이 계절,
아름답다 생각도 하고.

천 원 시주하고 천만 원어치 소원 빌기

부암동 골목을 걷다가 조그마한 절을 만났다.
동네 꼭대기에 있어 한눈에 부암동 전경이 펼쳐지는 곳이었다.
경치가 좋아 한동안 내려다보다가 법당 안으로 들어섰다.
주머니를 뒤졌더니 꼬깃꼬깃한 천 원짜리 지폐 한 장이 나온다.
그래도 부처님께 드리는 건데 그렇게 드릴 순 없어서
손바닥으로 지폐를 쫙쫙 펴 시주함에 넣었다.
예전에 엄마가 절에 다닐 때 따라다니며 눈동냥으로 배웠던 기억을 더듬어
합장을 하고 큰절을 세 번하고 반배.

사랑하는 사람들이 늘 건강하게 해주세요.
지금하고 있는 일들이 잘 마무리가 되게 해주세요.
행복한 일들이 많았으면 좋겠어요.
음… 그게 구체적으로 뭐냐 하면은요… #$%^@$%@!&!

기도를 하고 돌아 나오는데
꼬깃꼬깃 천 원 시주하고
천만 원어치나 소원을 빈 것 같아서
어쩐지 뒤통수가 싸—하다.

소원
소원
소원
소원
소원
소원
소원

빨간색 매니큐어가 필요해

늦잠을 잤다.
허겁지겁 버스정류장으로 달려 나갔는데
15분에 한 대씩 오는 버스는 바로 내 앞에서 쌩-하고 지나쳐가고
추위에 오들오들 떨며 15분을 기다렸는데
이번에는 만차라 내내 서서 가야 하고.
오늘따라 신호는 왜 그렇게도 내 앞에서만 빨간 불인 건지.

겨우 약속 장소에 도착해 들어서려는데, 순간 발이 미끌.
어디에 살짝 부딪쳤다 싶더니 스타킹의 올은 쭈욱.

세상이 작정하고 나를 도와주지 않기로 한 날인가 보다.
누구라도 붙잡고 하소연이라도 하고 싶은데
원망의 대상이 없으니 그것도 못하겠고.
엉엉 울고 싶은데
그냥 꾸욱 참아야만 하는, 그런 날.

하늘도 깜깜해지고 내 마음도 깜깜하기만 한 밤.
잔뜩 주눅이 들어 집에 돌아오는 길에
화장품 가게에 들러 아주 진한 빨간색 매니큐어를 골랐다.
이렇게 마음이 구겨진 날엔 빨간색 매니큐어가 필요하다.

열 손가락 반달모양 손톱에
가득가득 빨간색 매니큐어를 바르고 나니
꽁꽁 얼어 있던 내 마음이 간질간질 녹는다.
열 개의 체리 같은 내 손가락에 힘이 잔뜩 들어간 것만 같아
왠지 내일은 다 잘될 것만 같은 기분이 든다.

남들이 보면 하하 웃을 소소한 기분 전환.

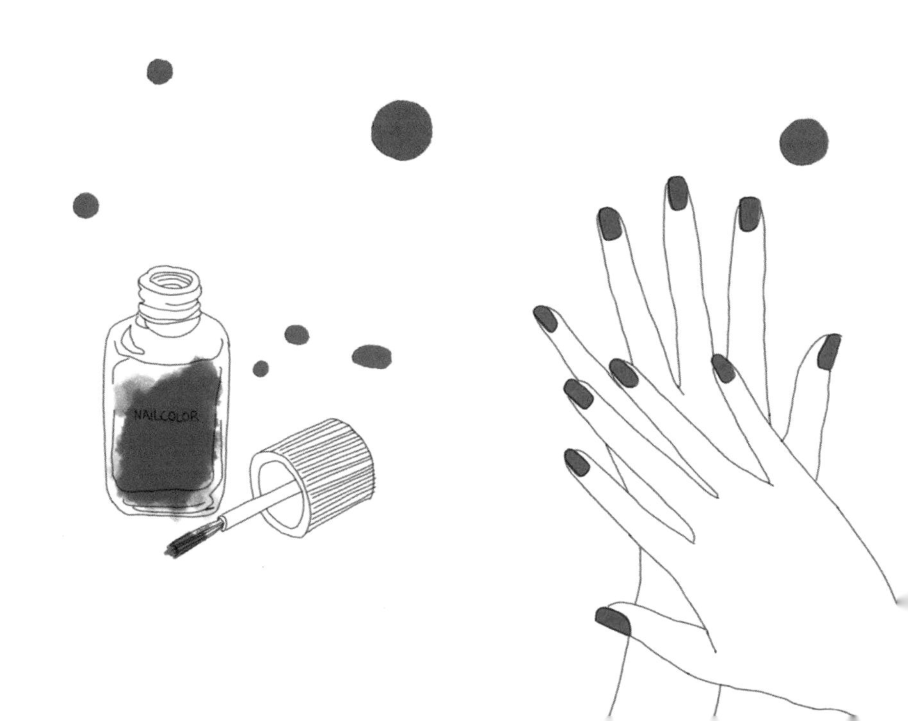

지름신

지름신이 오셨으니
집안에 모든 카드와 현금을 들고
버선발로 뛰쳐나가야지!

내가 왔다,
마음껏 질러라!
10000
10000
1000
1000
지름신이
오시다니!

내가 하고 싶은 것만 하고 싶어

내가 지금 하고 싶은 것만 하고 싶다.
하고 싶은 것만 하며 살 수 없다는 걸 알기 때문에
하고 싶은 것만 하고 싶은 거겠지.

내가 하고 싶은 것안
하고 싶어.

아무것도 하지 않는 날

아침에 눈을 떠서 최대한 이불 속에서 밍기적 거리다가
개운하게 기지개 한번 펴고 일어나는 거야.
씻지도 않은 채로 커피를 한잔 내려 여유롭게 홀짝홀짝.
대충 빵으로 허기진 배를 채워도 좋고 뭘 시켜먹어도 좋겠어.
냉장고가 가득하다면 오늘은 날 위한 근사한 브런치를 해도 좋아.

해가 하늘 제일 꼭대기에 오른 한낮,
영화를 다운받아 보거나 읽다 만 책을 펼쳐 읽거나.
음악은 잔잔하고 밝은 걸로 선곡하자.
그렇게 한참 여유로운 시간을 보내다가 지루해질 때쯤,
좋아하는 망고향 바디워시로 샤워를 하고 요즘 잘 입는 예쁜 옷을 꺼내 입는 거야.
데이트 하러 나갈 때처럼 메이크업도 꼼꼼하게, 립스틱은 상큼한 오렌지로.
그리고 발걸음 살랑살랑
예쁜 카페에 가거나 서점을 가거나 아이쇼핑을 하거나.
아, 운동화를 신었다면 산책도 좋겠어.

해가 질 무렵엔 꽃집에 들러 날 위한 꽃을 사자.
장미 한 송이도 좋고 풍성한 꽃 한 다발도 좋아.
그리고 다시 발걸음 살랑살랑 꽃을 들고 집으로 돌아오는 거야.
가끔은 아무것도 하지 않는 게 나를 위한 최고의 선물.

울지 않는 여자

머리를 질끈 묶고
고무장갑을 야무지게 끼고
화장실 청소를 시작했다.

수세미로 물때 낀 타일들을 박박 문지르고 나면
기분이 좀 나아질 줄 알았는데
배수구의 머리카락만큼이나
엉켜 있는 기분은
나아질 줄을 모른다.

사실은 울고싶어.

기다림의 시간들을
믿어볼래.

나에 대한 믿음

장거리 달리기를 하고 있는 난
당장 눈앞에 골인점이 보이지 않아
그 시간이 무척이나 지루하고 힘들지만
조금씩 조금씩 앞으로 달려 나가고 있는 중이다.
누군가를 앞서가기 위해 달리는 것은 아니다.

이 장거리 달리기가 언제 끝날지 모르지만,
그 끝없는 인내의 시간에 필요한 건
나 자신을 사랑하고 믿는 것뿐이다.
가다 지치면 쉬었다 가기도 하고
그 쉼이 지루하다 싶으면 다시 달리고.
중요한 건 멈추지 않는 것.
그리고 나를 믿는 것.
내가 나를 믿는 순간
해내지 못할 것은 아무것도 없다.

순간을 기억해야 할 의무

1.
교생실습을 나갔을 때 만났던 교복을 입은 아이들이
어느새 사춘기를 보내고 걸걸한 목소리로
선생님, 하고 나를 부르는 모습이 좋고
그림을 통해 알게 된
내 마음에선 항상 소녀였던 그녀들이
대학생이 되고 어른이 되었다고 알려오는 그 순간이 좋다.
그와 그녀들의 시간에
내가 잠깐이라도 속해 있었다는
사실이 좋다.

2.
대학생이 되고 기숙사로 들어가던 날
아빠가 사준
지금 보면 촌스러운 디자인의 스탠드가 수명을 다했나 보다.
깜빡깜빡 거리다 탁 하고 꺼져서
더 이상 켜지지 않는다.
사라지는 것들에 대한 아쉬움.

꽃을 산다

특별히 어딘가에 쓰임이 있는 건 아니지만
그저 바라보는 것만으로 행복해지는 것.

오늘, 너에게 꽃을 선물해.

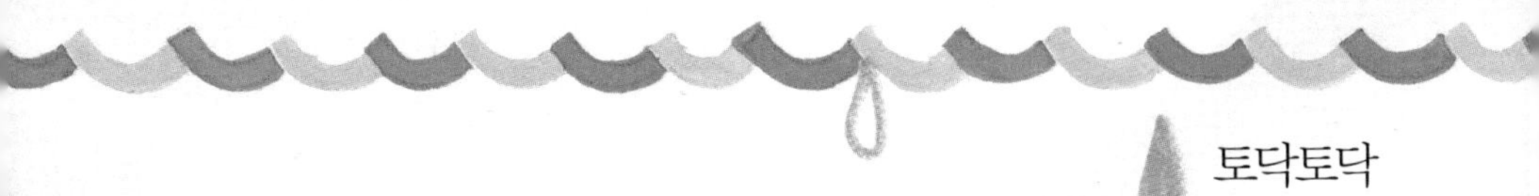

토닥토닥

토닥토닥 빗소리가 들린다.
유리창을 때리는 빗소리가
토닥토닥 괜찮다고
어깨를 두드려주는 것 같다.

Olive

올리브 컬러가 좋은 이유

너무 따뜻하지도 차갑지도 않은
적당한 온도의 컬러.
어디에나 잘 어울릴 만큼 무난하지만
심심하지 않다.

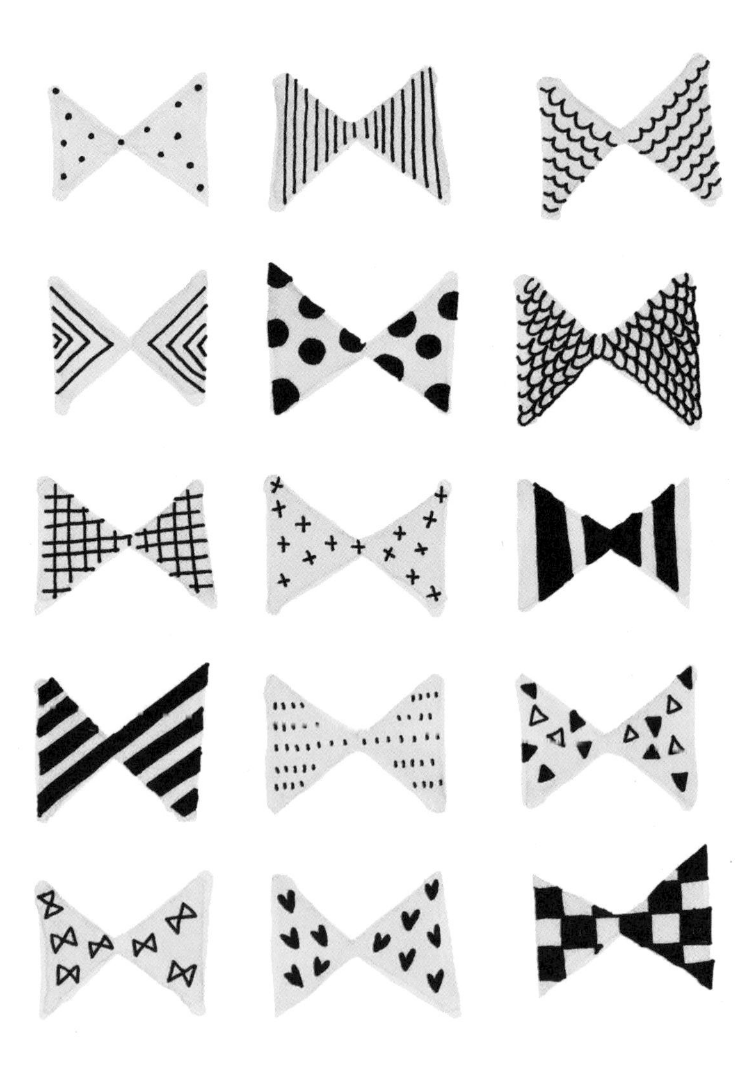

무엇이 옳은 선택이었는지는
시간이 지나야만 알 수 있는 것.
이제 내가 할 수 있는 건
시간을 믿고 기다려보는 것.

예쁜 하루

오후의 햇살에선
뻥튀기 냄새가 나고
비온 뒤 공기에선
사이다의 청량함이 느껴진다.

자세히 보면
참, 예쁜 하루.

작고 예쁜 아이들,

작고 예쁜 순간.

제5장

TRAVEL

다시 배낭을 메고 떠날 수 있을까?

여행이니까 괜찮아

공항에서 남자친구와 작별인사를 했다.
드라마의 한 장면처럼 깊은 포옹을 하거나
아쉬움이 서린 손끝을 놓지 못해 절절해하지는 않았지만
출국장을 들어서는 순간까지 손을 흔들며 여러 번 뒤돌아보던 모습은
여느 드라마의 주인공들 못지않았다.
출국심사를 하고 면세점을 돌아 비행기 탑승 게이트로 가서 여유 있게 탑승 시간을
기다리며 내 머릿속에 드는 첫 번째 생각.

내 옆자리엔 누가 앉을까?
이왕이면 젠틀하고 근사한 꽃미남이 앉았으면 좋겠어.

문득 집으로 혼자 쓸쓸히 돌아가고 있을
방금 전의 그 남자에게 살짝 미안해지긴 했지만
그래, 여행이니까 괜찮아.

그럴 듯한 로맨스가 펼쳐지지 않아도 여긴 공항이잖아.
난 곧 비행기를 타고 곧 다른 곳으로 떠나잖아.
그러니까 그 정도는 꿈꿀 수 있잖아.

Depature
꽃미남
아이돌
짐승남
내 옆자리엔
누가 앉을까?

교토를 선택한 이유

버스 옆자리에 앉은 할머니의 원피스가 귀여워서
자꾸 힐끗힐끗 곁눈질을 하고 있었다.
내 시선을 느꼈는지 할머니가 나를 쳐다보았고 우리는 눈이 마주쳤다.
슬며시 미소를 지어 보이시더니
내 손에 들린 지도를 가리키며 어디를 가냐고 물으셨다.

금각사에 가요!

할머니는 귀여운 손가방에서 돋보기안경을 꺼내 쓰시고는
내 지도를 보며 무언가를 열심히 설명하시기 시작했다.

그런데 사실 나는 일본어를 썩 잘하진 못한다.
그냥 멍해진 채로 가만히 있었더니 내가 못 알아듣는다는 걸 아셨는지
할머니는 갑자기 조급해지셨다.
다시 귀여운 손가방이 열렸고 이번에는 작은 수첩과 볼펜이 나왔다.
그리고 무언가를 열심히 쓰시더니 수첩을 조심스럽게 찢어 나에게 건네셨다.
내 지도에는 나와 있지 않은, 금각사로 가는 약도였다.
나는 어떻게 해야 할지 몰라 얼굴이 빨개진 채 그저 웃었고
할머니도 수줍게 미소를 지으셨다.

교토에서의 날들은 그랬다.
내가 먼저 다가가 묻지 않아도 지도만
들고 있으면 먼저 다가와 말을 걸어 주는 곳.
그런 소박한 친절이 가득해 혼자 다녀도 외로울 틈이 없는 곳.

난 일 년에 한두 번은 교토에 간다.
사실 그리 많은 나라를 가보았다고 할 수는 없다.
하지만 시간이 생겼을 때 주저하지 않고 여행을 다닌 만큼
이곳저곳 발을 걸쳐놓은 정도는 되는데,
이렇게 매년 찾게 되는 도시는 교토밖에 없다.

누군가는 나에게 묻는다.
왜 그렇게 간 곳을 또 가느냐고.
그럼 나는 이렇게 대답한다.

왜 그런 곳이 있잖아.
누구에게도 알려주고 싶지 않은 나만의 아지트 같은 곳.
누군가에게는 별거 아닌 공간이지만
나에게는 소중한 아주 작고 사랑스런 공간.
내가 나를 위로하고 싶을 때 찾는 숨기 좋은 곳.
나한테는 이 도시가 그런 곳인 것 같아.

교토는 내게 더 이상 여행지가 아니라
가끔 모르는 사람들에게서 따뜻함을 찾고 싶을 때 가는 곳이 됐다.
자그마한 비닐우산을 쓰고 걷는 바둑판 같은 골목 구석구석과 아주 작은 횡단보도.
동네 골목 끝에 있는 작은 카페의 내 자리.
시원한 음료수 하나 들고 언어가 다르고 삶이 다른,
하지만 비슷한 사람들을 구경했던 강가.

여행이 뭔지는 아직도 잘 모르겠다.
한마디로 단정 지을 수 없는 게
매번 같은 곳을 가도 갈 때마다 의미가 달라지니 말이다.
하지만 무수히 많은 여행 중에,
아무도 나를 모르는 어떤 곳에 내 비밀공간을 만드는 것.
그런 여행 하나쯤 있는 것도 꽤 괜찮지 않을까.

태양을 빼닮은 도시

로마의 작은 유스호스텔.
여섯 명이 쓰는 도미토리의 낡은 철재 침대에 짐을 풀었다.
바로 옆 침대의 여자아이는 나와 같은 까만 머리이긴 한데
아무리 봐도 한국인인지 중국인인지 일본인인지 모르겠다.
눈치만 보다가 에라 모르겠다 말을 건넸더니 한국말이 돌아온다.
두 살 어린 여자아이와 금세 친해져서 침대에 앉아 이런저런 이야기를 나누었다.

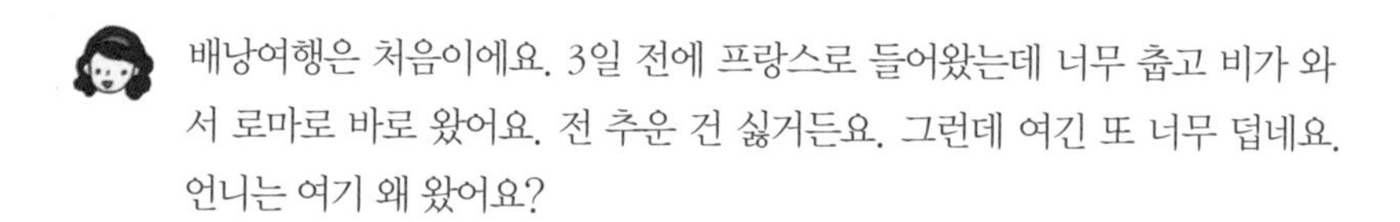

배낭여행은 처음이에요. 3일 전에 프랑스로 들어왔는데 너무 춥고 비가 와서 로마로 바로 왔어요. 전 추운 건 싫거든요. 그런데 여긴 또 너무 덥네요. 언니는 여기 왜 왔어요?

난 콜로세움 보러왔어.

그것뿐이에요?

콜로세움도 보고 트레비 분수도 보고 〈로마의 휴일〉에서 오드리 헵번이 손 집어넣는 거… 그것도 보고…

언니는 보고 싶은 게 되게 많은가 봐요. 저는요… 사실… 3년 사귄 남자친

구랑 일주일 전에 헤어졌거든요. 그래서 바로 비행기 표를 끊었어요. 성수기라 비행기 티켓이 어마어마했지만요. 파리로 들어왔는데 너무 춥고 너무 우울한 거예요. 거기에 있다간 매일 울 것 같아서 로마로 온 거예요… 그런데 여기에 와도 우울한건 마찬가지인 것 같아요.

재잘재잘 대던 그녀가 갑자기 눈물을 뚝뚝 흘려댔다.
처음 보는 사람 앞에서
헤어진 남자친구가 보고 싶다며
눈물을 터뜨리는 그 친구의 어깨를
토닥토닥 두드려주며
나는 내가 새삼 여행 중이라는 사실을 실감했다.

여섯 명이 함께 쓰는 도미토리.
모두가 각자의 사연과 이유를 가지고 여행을 왔을 것이다.
누군가는 나처럼 무언가를 보러 왔을 테고,
또 누군가는 이별의 상처를 치유하러 왔을 테고.
또 누군가는 또 다른 이유를 가지고.

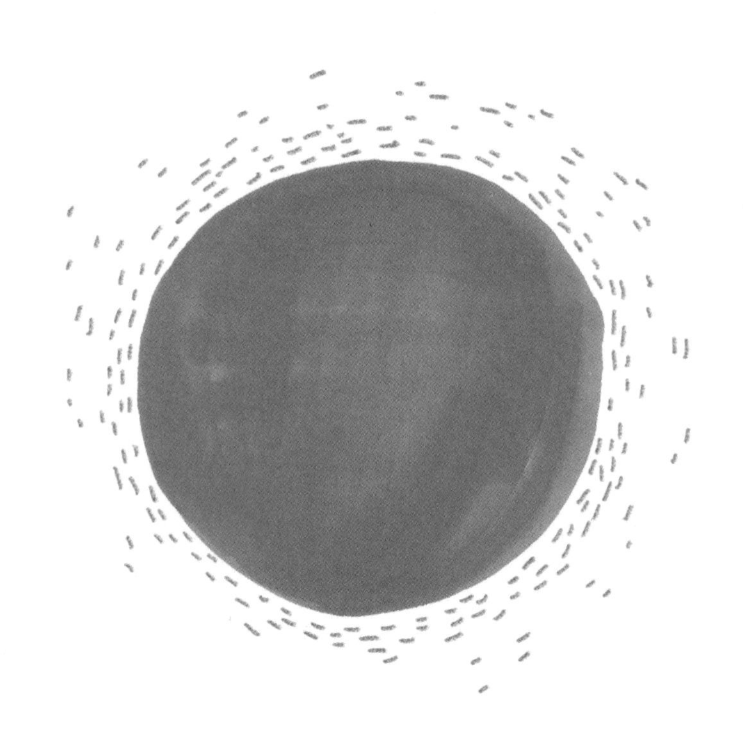

그래, 여긴 로마다.
세상에서 가장 뜨겁고 정열적인 8월의 로마.
길었던 사랑인 만큼 가장 아픈 사랑이기도 할 그 시간을
가장 강렬하게 태울 수 있는 곳.
누구에게 무슨 사연이 있든
여기에 있는 순간만은 모두 다 잊을 수 있을 만큼
태양이 가까이 내려와 있는 곳.
그래서 가장 뜨거운 심장으로 돌아갈 수 있는 곳.

울고 있는 친구의 어깨를 두드리며
그녀가 다시 현실로 돌아갈 때쯤엔
많은 게 변하지 않아도,
다시 누군가를 사랑할 수 있다는 마음을 가진 채
돌아갈 수 있었으면 좋겠다고 생각했다.

우연히 길을 걷다 발견한 나

혼자 다니는 여행일수록 나를 발견하기 쉬워진다.
한 번도 가보지 않은 길 끝에 무엇이 있을지,
도무지 예상 되지 않는 골목을 걷다 보면
이내 새로운 것도 잠시.

여행은 늘 그랬다.

어딜 가나 결국은 사람 사는 동네, 다를 것 없는 풍경.
그러다 보면
눈에 보이는 것들이 아닌
눈에 보이지 않는 것들을 찾아 헤매게 되고
또 그러다 보면
결국 내가 보인다.

가장 가까이에 있지만 가장 보이지 않는 나.
우연히 길을 걷다 발견한 나.

여행이 시작되는 방법

나 왔다. 얼굴 보자.

친구가 여행을 마치고 돌아왔다.
여름이 시작될 즈음 만나 길다면 길다고 할 수도 있는 여행의 계획을 들었던 것 같은데 벌써 두 번의 계절이 지나 있었다.
같은 카페의 테라스에 앉아 이야기를 나누지만 보이는 계절의 풍경은 사뭇 다른 모습이었다.

SNS에 간간이 올라오는 사진을 통해서 어디에 있고, 무엇을 보고 있는지 대충은 알 수 있었지만 반 년 만에 얼굴을 마주하고 앉은 친구는 어딘지 조금 달라져 있었다.
가을 내 낙엽이 물들 듯, 여행에 물들어 온 친구의 얼굴에서는 여행의 냄새가 난다.
눈빛이 아름다운 남자가 되어 돌아왔다.

나는 이제 언제든 마음먹었을 때 떠날 수 있을 것 같아.

덤덤하지만 자신 있게 말하는 친구가 부러웠고, 나도 가고 싶다 말하면서도 머릿속으로 연신 여기에 남아야 하는 이유를 찾으려고 애쓰는 내가 초라하다는 생각이 들었다.

지금 당장은 떠날 수 없더라도
올해가 가기 전에는 어디로든 배낭을 메고 다녀와야겠다고
집으로 돌아가는 길에 생각했다.

여행이 이렇게 시작될 수도 있는 거구나.
누군가의 눈빛에서 부는 바람으로부터 시작되는 여행이라니.

나도 돌아오면 너와 같은 눈빛으로 세상을 볼 수 있었으면 좋겠다.
누가 봐도 눈빛이 근사한 여자가 되어
반짝반짝 빛나는 눈으로 이야기할 수 있었으면 좋겠다.

Spring comes, rain fall

너무 가까이 있어서 잘 보이지 않는 것들이 있었다.
특별하다고 생각했던 것들은
시간의 순서에 따라 점점 빛을 잃어갔고
그러다 보니 어느 순간,
특별한 순간이 있었다는 것도 잊고 살아가게 되었다.

모든 것이 파리에 있었다

스케치북을 펼칠 수가 없었다.
그림을 그릴 수가 없어서 파리에 왔는데,
파리에 왔다고 해서 그림이 그려지지는 않는다.

왜 하필 파리였을까 생각해본다.

매년 버릇처럼 여행을 가기 위해 짐을 꾸리고
올해는 어딜 갈까 계획을 세우지만
파리는 언제나 그 계획에서 제외된 도시였다.

커다란 지도를 사서 마치 땅따먹기를 하듯 여행한 도시를 지워나간다.
새로운 곳이 좋아. 여행객들이 찾지 않는 곳.
그리 알려지지 않은 곳이 좋고 되도록 관광지는 피해서.
지도에 표시되지 않은 작은 마을이 좋겠어.
기차를 타고 가다가 무작정 내려 오래된 호텔을 찾아 하룻밤 묵어가는 게 좋고
말이 안 통하는 곳이어도 상관없어.
손짓 발짓 그리고 웃음이 의사소통의 전부여도 좋아. 아니 그런 곳이었으면 좋겠어.

한 번 두 번 여행이 계속 될수록 좋아하는 여행의 스타일이 만들어져간다.
그래서 파리는 싫었다.

내 여행 스타일과는 정 반대되는 도시.
모든 이의 로망이고 전세계 관광객이 모두 모여드는
에펠탑과 루브르가 있는 예술의 도시 파리.

대체 파리와 내 그림이 무슨 상관이 있다고 나는 여기까지 온 걸까.
루브르나 오르세에 가서 죽치고 앉아 근사한 예술작품들을 본다고
열정이 활활 타오르는 것도 아닐 텐데.
오히려 나는 죽을 때까지 범접하지 못할
예술가들의 혼이 서린 작품들에 기만 죽고 돌아올 텐데.

백 년은 된 듯한 낡은 호텔에 간신히 방을 구하고
캐리어를 던지듯 내려놓았다.
켜봤자 그리 밝지도 않은 노란 전구를 켜고 한숨을 내쉬며
창문에 드리워진 암막커튼을 열었더니
저 멀리
마치 크리스마스 트리처럼 반짝이는
한밤의 에펠탑이 눈에 들어온다.

아,
왜 파리였던걸까.

나도 파리가 로망이던 때가 있었다.
반짝이는 에펠탑이 보고 싶었고
사랑하는 사람과 함께 파리에 가는 꿈을 꾸었던 적도 있었다.
그리고 저 반짝이는 에펠탑 아래에 서서
한 남자와 미래를 이야기하던 때가 있었다.

10년 뒤엔 뭐 하고 있을까.
그냥 지금처럼 그림을 그리고 있겠지.

웃으며 말했지만,
어쩐지 그때의 나는 조금 서글펐던 것도 같다.

앞으로의 삶을 예측할 수 있다는 건 다행이면서도 불행한 일이야.
결말을 아는 영화를 다시 보는 느낌이랄까.

무엇을 하며 사는지 뻔하게 그려진다 해도
어떤 사람이 되어 어떤 삶을 살게 될 것인가는
판이하게 다른 문제라며 내 어깨를 토닥였던 너.

왜 하필 파리였을까.
파리엔 스무 살의 나와 그가 있었다.
나는 그때의 내가 보고 싶었다.

열세 시간을 날아온 파리의 낡은 호텔 창가로 보이는
반짝이는 에펠탑을 바라보며
간신히 이유를 찾았다.

You must
allow me
to tell you

제일 설레는 순간

비행기를 타서도 아니고
낯선 땅에 발을 들여놓을 때도 아니고
여행 전날 캐리어에 짐을 넣었다 뺐다 할 때.
떠나기로 마음먹고
여행을 준비하는 그 시간.

고민이 없는 것도 고민이야

산책이 익숙해졌다.
익숙하지 않은 것들이 익숙해지는 데에는
그리 많은 시간이 필요치 않다는 걸
한 번 두 번 여행이 늘어갈수록 실감하고 있다.

밤새 비가 왔는데 다행히 지금은 좀 그친 듯하다.
오늘은 조금 걷고 싶어 운동화를 신고 밖으로 나왔다.
빗물이 스며들어 한층 습해진 아스팔트가 내 발목을 붙든다.
자꾸만 나른해지는 몸을 억지로 옮기는 중이다.

요즘의 나는 그렇다.
이곳에 와서도 원래 내가 자리하고 있었던 그곳과
별반 다를 바 없는 매일을 보내고 있다.

행복하고 즐겁다고 생각했는데
그건 머리가 하는 착각이었나 보다.
사실 나는,

너는 좋겠다. 고민이 없어서.

그런 말을 듣는 게 좋았다.

고민이 없다는 건 대체 뭘까.
사실 난 그게 뭔지도 모르면서 그냥 그 말이 좋았던 것 같다.
고민이 없다는 건 평안하고 안정적이라는 말 같아서.
내 안의 나와 실제의 내 삶이
성난 파도처럼 요동치고 있어도
남들 눈에 잔잔한 바다처럼 안정감 있게 보인다면
그걸 깨뜨리고 싶지 않았다.
모두가 날 부러워하는 대로 내버려두고 싶었다.

그런데, 사실
이 안정감과 고민 없음을 보여주기 위해
매일 나한테 주문을 건다.
좋아질 거라고, 행복해질 거라고.
그렇게 주문을 걸고 난 지금 좋아, 라고 외치면,
말처럼 모든 게 좋아지는 듯한 기분이었다.

내 잔잔한 바다는 내 안의 파도에게 주문을 걸어
만들어낸 허상 같은 거였다.

하지만 그 주문은 오래가지 못해 나는 금방 지치고 만다.
누구에게나 고민이 있다.
고민이 없어 보이는 사람은 있지만, 고민이 없는 사람은 없다.
나는 지구 반대편, 이곳에 와서 매일 다른 사람들을 만나지만
또 한편으로는 그런 만남들과 새로운 것들에 익숙해지고 있다.
그러면서 알게 되는 것들은 다 다른 눈동자, 다른 모습이지만,
한두 가지 정도의 고민은 가지고 살아가고 있다는 거다.

돌아가면 고민 없어 보이는 사람 말고
고민 있어 보이는 사람으로 살 거다.
그게 누구에게나 있는 거라면
더 이상 숨기지 않고 드러내고 살 거다.
이젠 그걸로 부러움의 대상이 되고 싶진 않다.

돌아가서 씩씩하게 만나고 싶다.
고민 많은 나와
이제는 마주할 거다.

여행의 향수

밀라노 행 비행기가 곧 출국하니 출국장으로 들어오라는 안내방송을 들으며
면세점으로 급하게 달려갔다.
시향 할 틈도 없이 눈여겨보던 향수 몇 개 중
가장 예뻐 보이는 병을 사들고 비행기를 탔다.

자, 이제 여행 시작이야!

나에게 여행의 시작을 알리는 건 향수 한 병이다.
가난한 여행자일 땐 여행 내내 단 한 번의 사치이고,
럭셔리한 여행자일 땐 여행을 더 근사하게 만들어주는 플러스알파다.

사람이 가지고 있는 여러 가지 감각들이 가장 활짝 열리는 게 바로 여행이다.
눈으로 보고 듣고 느끼고 향기를 맡고 맛있는 음식을 먹고.
그중에서 내가 가장 크게 생각하는 건 향기다.
사람에게도 각자의 체취가 있듯이 여행에도 체취가 있다.
나는 여행을 떠나며 산 향수를 뿌리면
그 향수를 샀던 당시의 여행이 선명하게 떠오른다.
여행 내내 함께했던 그 향수는
돌아와서 내게 여행의 '향수'를 선물한다.
마치 사진으로 선명하게 그날을 기억하듯이

그곳의 추억을 전달한다.

즐거운 일이다.
내가 만든 어떤 여행의 룰이 있다는 것.
내 여행을 조금 더 특별하게 만들어 주는 무엇이 있다는 것.

새로운 여행이 시작됐다.
7월의 밀라노는 상큼한 시트러스 향으로 기억될 거다.

다시 배낭을 메고 떠날 수 있을까

프랑크푸르트 공항에 도착해 뒤셀도르프를 거쳐
쾰른, 그리고 하이델베르크에 도착했다.
독일에 있는 동안 가장 오래 머물렀던 도시 하이델베르크.
네카강을 따라 양쪽으로 펼쳐진 경관에 입을 다물 수 없을 만큼 아름다웠던 도시.

시가지 인포메이션에서 물어 본 캠핑장을 찾아 한 시간 남짓 걸었을까.
어깨에 멘 배낭을 벗어던지고 싶고 발이 벽돌처럼 무겁다는 생각이 들 때쯤
나무가 무성하게 우거진 캠핑장이 나타났다.
작은 통나무 방갈로에 대충 짐을 풀고 나니 그제야 배가 고파졌다.
숙소를 못 찾고 혹시 노숙이라도 하게 될까 봐 배고픈 줄도 모르고 걸었던 거다.

캠핑장을 관리하는 청년에게 가장 가까운 슈퍼마켓이 어디에 있냐고 물었다.
걸어서는 30분, 자전거를 타고도 15분은 달려야 한다는 말에 기운이 빠져 멍 하니
그냥 서 있다가 다시 길을 나섰다.
생각해보니 몇 날 며칠을 운동화가 헤지도록 걸었는데

고작 30분을 못 걷겠나 싶었다.
산책 겸 천천히 강을 따라 걷는데, 바람을 타고 날아오는 나무 냄새가 제법 좋았다.
걷길 잘했다.

그때의 여행은 그랬다.
그저 걷는 것만으로도 행복하고 몇 시간이든 걷는 게 익숙하고
배낭의 무게가 느껴지지 않았던 그런 여행.

요즘엔 할 수 있을 때 해야 한다는 말을 실감한다.
10킬로가 넘는 배낭을 메고 여행을 한다는 건,
분명 아무 때나 할 수 있는 일은 아니다.
여행을 떠남에 있어 나이가 무슨 상관이냐 하겠지만,
여행의 방식에는 어느 정도 상관이 있다.

몰라서 용감할 수 있었던 그때,
많은 걸 아는데 두려운 지금.

나는 또다시 배낭을 메고 떠날 수 있을까?

나의 마지막 종착지

내 버킷리스트 1번은 10년 전이나 지금이나 항상 같다.

베네치아에 가서 곤돌라 타보기

스물세 살 때 처음 배낭여행으로 유럽에 갔다.
비행기표도 스스로 끊고 어딜 갈지 어떻게 갈지 동선을 짜고
기차를 예매하는 것도 다 내 몫이었다.
독일, 체코, 오스트리아, 스위스를 거쳐 프랑스.
그리고… 이탈리아!
내 버킷리스트 1번을 달성할 수 있다는 꿈에 부풀어 지도에 커다랗게 빨간 동그라미를 쳐 놓고 곤돌라를 탈 수 있는 그날을 매일매일 손꼽아 기다렸다.

독일에서 시작된 여행은 프랑스를 거쳐 이탈리아에 가까워오자
점점 이상한 감정이 생겨나기 시작하며 처음과 같지 않았다.
그건 기대와 즐거움이 아니라 두려움과 망설임에 가까운 감정이었다.

너무 가지고 싶은 게 있는데 그걸 갖지 못하고 바라만 볼 때면
내 안의 열망은 점점 커진다.
마음이 커질수록 그것은 더 반짝이는 것 같고
언제쯤 내 손에 쥘 수 있을까

그날을 손꼽아 기다리기도 하고.

그러다 간절하게 원하던 걸 얻게 되었을 때,
그걸 내 손에 쥐고 와 상자를 열었을 때의 그 마음.
기쁨도 있고 즐거움도 있고 환희도 있지만, 그 이면에 자리한 허탈함과 상실감.
아마도 베네치아는 나에게 그런 소중한 보물 같은 거였나 보다.

나는 결국 베네치아로 향하려던 노선을 틀었다.
다음에 다시 가면 될 거라는 생각도 했지만
평생 베네치아에 갈 수 없을지도 모른다는 생각도 한다.

조금 더 아껴두고 싶다.
아무 때나 마음만 먹으면 갈 수 있는 곳으로 만들고 싶지는 않다.
내가 죽기 전, 마지막으로 여행을 간다면
그 여행이 마지막이란 걸 안다면
그때 베네치아를 만나고 싶다.

조금 울었어

이상했어.
사라져도 될 법한 것들만 남는 게 기억이야.
그래서 조금 울었어.

너는 나를 어떤 모습으로 기억할까

자전거를 타고 달리다가 소나기를 만났다.
근처 작은 버스 정류장에서 비가 지나갈 때까지 기다리기로 하고
한참을 그렇게 서 있었다.
비가 내리는 날은 콘트라스트가 강해진다.
그래서 풍경이 더 잘 보이고 더 짙어진다.

이상한 기분이었다.
비가 와서 그런지 시간이 애매해서 그런지 사람 하나 보이지 않는 조용한 동네.
나는 여행 중이고 이곳에서 까만 머리를 한 동양인은
나뿐이라는 걸 모르는 게 아니었는데
이 순간 내가 이방인이라는 사실이 사무치게 와 닿았다.
정말로 내가 이상한 나라에 떨어진 앨리스 같다는 생각이 들었다.
이런 저런 생각을 하며 비가 그치길 기다리고 있는데,
골목 너머로 파란 우산이 천천히 이쪽을 향해 걸어온다.

작은 책가방을 메고 파란 우산을 쓴 꼬마.
꼬마는 나를 흘낏 쳐다보더니 내 옆에 와 섰다.
어색하게 나란히 서 있는데 꼬마가 자꾸 나를 힐끗대는 게 느껴진다.
꼬마한테는 아마 까만 머리의 동양인이 처음일지도 모른다.
그렇게 서로를 힐끗대다 딱 눈이 마주쳤고 나는 용기 있게 입을 열었다.

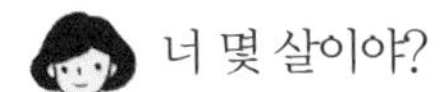
너 몇 살이야?

(손가락으로 8개를 만들어 보인다)

이름이 뭐야?

칸.

내 이름은 선진이야. 나는 한국에서 왔어. 너 한국 아니?

(고개를 절래절래)

그리고 또 잠시 멀뚱멀뚱.
문득 배낭 안에 있는 폴라로이드 카메라가 생각났다.
여행 전엔 야심차게 챙겼지만
막상 귀찮아서 몇 번 쓰지도 않았던 폴라로이드.

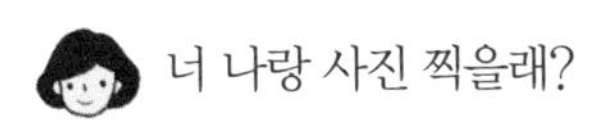
너 나랑 사진 찍을래?

못 알아들었는지 멀뚱멀뚱 서 있길래 가방을 뒤져 카메라를 꺼냈다.
그리고 파란 우산 속으로 들어가 사진을 찍었다.
지잉- 하는 소리와 함께 나오는 폴라로이드 사진이 신기했는지
칸의 눈이 반짝반짝거렸다.

 한 번 더. 한 번 더.

사진 한 장을 칸에게 주고 사진을 한 번 더 찍었다.
두 번째 사진이 지잉- 하며 나오는 동안 칸의 손에 들려 있던
첫 번째 폴라로이드에서 우리의 모습이 뚜렷해지기 시작했다.

 WOW!

해맑은 아이의 해맑은 감탄사.
그렇게 서로 사진을 들여다보고 웃다가 곧 버스가 왔고,
칸은 파란 우산을 접고 버스에 탔다.
잠깐의 만남이었지만 아쉬웠고, 나는 아쉬운 만큼 손을 크게 흔들었다.
버스 유리창 너머 칸도 나를 보며 손을 흔들었다.

칸과 만났던 그 짧은 순간은 아직도 선명하다.
시간이 많이 흘렀지만 그 아이는 얼마나 자랐을까 어떻게 자랐을까
가끔 생각해본다.
그 파란 우산을 쓴 아이는 그때의 나를 어떤 모습으로 기억할까.
하교 길, 버스 정류장에서 마주친 까만 머리의 누나.
폴라로이드 사진 속의 그 모습 그대로 나를 기억할까.

간절함

누군가에게 무엇이 간절한 이유는
그것을 가지고 있지 않기 때문이다.
내가 여행에 목마름을 느끼는 이유도
그곳에 가보지 못해서인 것처럼.

우리는 아오이와 준세이가 아니었으니까

다음에 또 같이 오면 되잖아.

두오모를 눈앞에 두고도 결국 올라가지 못하고 뒤돌아서야만 했다.
내내 아쉬워하는 나에게 그가 말했고 그 사람의 손에 끌려가면서도 아쉬움 때문에 자꾸 뒤를 돌아보게 되었다.

"너의 서른 번째 생일날, 연인들의 영원한 사랑을 약속하는 장소인 피렌체의 두오모에서 만나자."

에쿠니 가오리의 《냉정과 열정 사이》를 읽고 나에게 피렌체의 두오모는 그런 곳이 되었다. 사랑하는 사람이 생긴다면, 영원히 함께하고 싶은 사람이 생긴다면 꼭 함께 올라가고 싶은 곳.
공사 중이라는 팻말에 아쉽게 등을 돌려야 했지만, 그래도 그렇게 뒤돌아설 수 있었던 건 다시 오자는 그의 말이 확신에 차 있었기 때문이다.

나 서른 살에 다시 오면 좋겠다. 책처럼.

지나가는 말처럼 흘렸던 그 말에 나도 웃었고 그도 웃었다.

가끔 생각해본다.
우리가 다음을 기약할 수 있었던 건 순수했기 때문일까.
왜 그때는 당연히 다시 손을 잡고 올 수 있을 거라 생각했던 걸까.
그 당연하다는 믿음은 대체 어디에서 나온 걸까.

시간이 흘렀고, 나는 서른 살이 되었다.
그리고 서른 번째 생일, 《냉정과 열정 사이》를 처음부터 다시 읽었다.
아오이와 준세이는 결국 시간을 돌고 돌아, 사랑을 돌고 돌아
두오모에서 다시 만난다.
그들 같은 사랑을 꿈꾸었던 나는 지금 여기에 있고
그곳에 함께 오르자 약속했던 그는 이제 내 곁에 없다.

책 속의 주인공들은 두오모에서 재회했고,
나는 소설 밖에서 그들을 지켜보며
나의 지난날을 회상하고 있다.
지키지 못할 약속을 했던 그날,
그리고 결국은 지키지 못했던 약속.

하지만 어쩔 수 없다.
우리는 아오이와 준세이가 아니었으니까.

내 그림 속 바다가 더 파란 이유

이탈리아 남부 나폴리에서도 페리를 타고 들어가야 하는 작은 섬 카프리.
맥주 이름으로 먼저 접해서 그런지
그 섬에서는 왠지 톡 쏘는 맥주향이 날 것만 같았다.

내게 주어진 하루는 결코 길지 않았다.
반나절이면 다 볼 수 있다던 그 작은 섬은,
그저 보는 것만으로는 반나절로도 충분할지 모르겠으나
머물고 싶은 마음으로 보면 한 달도 모자랄 것 같았다.

돌아와 그림을 그릴 때마다 온통 머릿속은
아치형 곡선을 그려내던 바다의 물결과
맥주 거품처럼 하얗던 파도로 가득했다.
금빛 모래 위로 햇빛을 받아 반짝이던 바다 유리.
까만 선글라스를 끼고 바위 위에 누워 일광욕을 하는 이탈리아 아저씨와
선착장으로 왔다 갔다 하며 사람들을 쏟아내던 페리까지도.

하얀 스케치북을 앞에 두고
과연 내가 눈에 담은 것들을
그림으로 표현할 수 있을까 생각했다.

눈으로 본 것 말고 마음으로 담은 걸 그리자.

나는 내가 가지고 있는 색연필 중,
가장 파란 색연필을 집어 들었다.

자, 다음 기회에

모든 여행이 다 즐겁고 신날 수만은 없다.
어떤 여행은 괴로운 기억만 남을 수 있고
또 어떤 여행은 아예 기억에서 사라지기도 한다.

좋은 것만 하고 살 수 없는 것처럼
여행도 사는 거랑 별반 다를 바 없어서
좋은 여행이 있으면 맘에 안 드는 여행도 당연히 있다.

어쩔 수 없다.

그래봤자 그저 여행인걸.

괴로운 순간을 보내며 다짐하는 그 마음으로

쿨하게 떠나보내자.

이번엔 아니군.

결국 사는 건 다 똑같으니까

재미삼아 했던 소소한 동네 구경에서 새로운 걸 발견했다.
별다를 것 없는 거리와 별다를 것 없는 동네 슈퍼마켓.
우리 동네에서도 볼 수 있는 흔한 광경은
우리 동네가 아니라는 이유만으로
이렇게 흥미진진한 곳이 되었다.
그렇게 들여다본 그곳에서 내가 발견한 건
나조차도 자각하지 못했던,
그러나 나와 별다를 바 없는 다른 이의 아주 소소한 일상.

ビューティサロン
OPEN

떠나고 싶을 때 떠나는 것

온 몸에서 영혼이 빠져나가는 것만 같아.

이마에서 시작된 땀이 목까지 흘러내리는 걸 느끼며 생각했다.
오월의 따스함은 얼마 지나지 않아 6월의 흉기로 변해버렸고
몰아치는 7월의 폭염과 함께 질식할 것 같은 여름이 시작됐다.

일을 하고 그림을 그리고 친구들을 만나고 운동도 하고.
그럭저럭 제법 괜찮은 나날들을 보내고 있는 것 같은데
가끔 혼자일 때, 아주 짧게 멍해지는 순간들이 생긴다.

어쩌면 이렇게 무료할 수 있을까.

해가 지고 하루가 끝날 때마다
나의 영혼이 '생존의 의무' 앞에 야금야금 먹히고 있다는 생각이 든다.
이러다가 언젠가는 밑바닥에 붙어 있는 내 영혼과 정면으로 맞닥뜨릴지도 모른다.
그 순간이 오면 나는 뭐라고 할까.

남의 돈 버는 게 쉽지 않더라고.
누군 이러고 싶어서 이러나?!
나이가 드는 게 이런 거지 뭐…

어떻게든 합리화를 하며
결국 그 마음을 견디고 무시하고 달래다 보면
또 다시 참으로 별것 없는 아침이 온다.

내 마음이 왜 이럴까 하지만
사실 떠나야 하는 날이 오고 있다는 것을 이미 알고 있다.

떠나고 싶을 때 떠날 수 있는 건 행운이다.
이제는 전처럼 즉흥적으로 짐을 싸고 풀기에는
내 발목을 잡고 있는 것들이 너무 많아졌다.
모든 걸 뒤로하고 무모하게 떠나는 이들이 부럽기도 하지만, 어쩔 수 없다.
어쩔 수 없다는 말은 참 서글프지만, 그것 역시 어쩔 수 없다.
그래도 나는 순간을 놓치지 않기 위해 노력하기로 했다.
아니, 순간을 만들기 위해 노력하기로 했다.

그게 여행이든 뭐든 말이다.

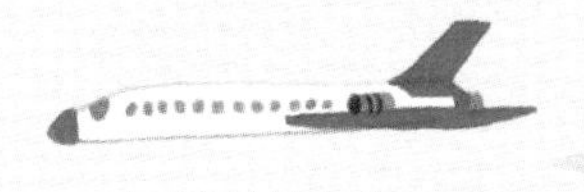

제6장

LIFE

별일 없이 살고 싶어

때가 되면

어떻게든 되겠지를 입에 달고 살지만,
어떻게든 되는 일은 세상에 절대로 없다.
때를 기다리면 되는 걸까?
아니, 이제는 내가 찾아나서야 한다.

달리기

밤에 하는 달리기를 시작했다.
늦은 밤, 가로등만 켜진 고요한 동네 골목을 달리다 보면
들리는 건 내 숨소리와 이어폰을 통해 나오는 음악소리뿐.
그 소리에 집중하다 보면
머릿속을 떠도는 먼지 같은 망상들은
고요히 내려앉는다.

잭과 콩나무의 콩나무처럼
하늘을 뚫을 만큼 자라나버린
많은 생각들이 버거워

지금 이 순간은
그저 달린다.

사람이 갖고 있는 그림자의 크기

엄마가 많이 아팠다.
그때 나는 누군가 나의 슬픔을 알아채는 게 싫어
늘 웃었고 언제나 밝았다.
그리고 온기 없는 집으로 돌아와
불을 켜기도 전에, 하루 종일 참았던 눈물을 흘렸다.
혼자라는 안도감과 함께
나를 제외한 세상 모든 사람이 행복한 것 같은 불행함도 느꼈고
그 세상에 내가 속해 있지 않다는 원망도 들었다.

내가 원하는 건
누가 봐도 화려하고 반짝반짝 빛나는 그런 게 아닌데.
그저 누가 봐도 평범해 관심조차 갖지 않고 지나칠 그런 건데.
평범하게 사는 건 왜 이렇게 어려운 걸까

그런 나를 데리고 카페에 간 사촌언니는 괜찮으냐고 물었다.

괜찮니.

아무렇지 않게 건넨 언니의 말 한마디에
나는 아무렇지 않게 무너졌다.

언니가 말했다.

여기를 봐. 이 카페에 있는 사람들. 모든 사람들이 행복해 보이지? 그런데 그게 전부는 아닐 거야. 저 사람들에게는 너도 행복하고 즐거워 보이는 사람들 중 한 명일 거야. 여기에 있는 사람들도 하나 둘씩의 아픔이나 슬픔을 가지고 있어. 그러니까 힘내자.

사람들이 갖고 있는 그림자의 크기는 얼마나 될까.
아무도 가늠할 수 없는 누군가의 그림자가
나에게 위로가 되었던 날이다.

아우토반 질주

살다 보면 그런 순간이 있다.
고속도로 한복판에 나 혼자 서 있는 듯한 기분.
내 옆으로는 차들이 쌩쌩 달리고 있고
무서워 앞으로 달려 나가지도 못하고
뒤를 돌아봐도 걸어온 길이 얼마나 되는지 알 수 없어
막막하기만 한 그런 순간.

회색 겨울

어느 겨울날엔가
길을 걷다 문득 멈춰 섰는데
세상이 온통 회색빛이었다.
눈앞이 깜깜하고 흐릿했다.
아무리 눈을 크게 떠도 모든 게 흐릿한 그런 날이었다.

무질서하게 흩날리는 새하얀 눈들이
나의 가슴에 사무쳐왔고
세상에 나 혼자,
오로지 나 혼자 존재하는 것 같았다.

오래된 흑백사진처럼
모든 순간이 멈춰버렸다.

일상의 포인트

일상 속 아주 다른
단 하나의 포인트.

가을

가을은
따사로운 햇볕 아래
차가운 공기가 스치는
이율배반적인 계절이다.

가끔 나의 계절은
어디 즈음일까 생각해보곤 한다.

내 운은 내가 결정하는 것

노력만으로 되지 않는 것들이 분명 있다는 것을
받아들여야만 했을 때 맛봤던 쓴맛은
아직도 생생하다.

나는 운마저 없는 사람인 걸까.

그후로 나는 모든 것들에 크게 마음 쓰지 않게 되었다.
그리고 오늘 오후
커피 한잔을 하다가 문득
이게 내가 잡은 운이라는 생각이 들었다.
담담하게 받아들이고 바라볼 수 있는 여유.

나의 운이 제법 맘에 든다.

나는 개구리

일단 한 판 하고

내 안에 청개구리 있다

내 안엔 못된 청개구리가 한 마리 산다.
하려고 맘먹었는데
누가 시키면 반대로 하고 싶은
못된 청개구리.

비도 안 오는데 오늘은 그 청개구리가
참 여러 번 튀어나온다.

서른, 이제 겨우 시작이야

아흔 살 정도까지 살 수 있다고 해보자.
서른 해를 살았으면 인생의 3분의 1을 산 거고,
앞으로 이만큼의 몫이 딱 두 번 더 남은 것이다.

갑자기 그런 생각이 들었다.
3분의 1.
이만하면 정말 열심히 잘 살았다 생각했는데,
사실 삼십 년을 꼬박 내 의지로 산 건 아니지 않나.
내 의지로 결정하고 책임지며 살아온 건 기껏 해봐야 고작 10년.
그 전의 스무 해는 내 의지로 살아낸 지금까지의 10년을 위한
준비과정이었을 뿐이라는 걸 깨달았다.

그럼 앞으로 나에게 남은 몫은 3분의 2가 아니라 6분의 5정도가 남은 거고
나는 많다고 하기엔 너무 적은 나이를 살고 있는 거다.

서른,
난 이제 겨우 시작이야.

나는 아직
자라는 중이야.

모래로 쌓은 관계

모래성을 아무리 정성스럽게 잘 쌓아도
한순간의 실수로 와르르 무너지는 이유는
모래로 만들었기 때문이다.

내가 쌓아온 성들은
모래로 만들었을까, 돌로 만들었을까.

매일이 숨 가쁘게 지나간다.
시간의 흐름에 박자를 맞추기에
난 너무 느리다.

누가 나에게 시간을 팔았으면 좋겠다.
나는 조금 더 천천히 걷고 싶다.

종일 비

일기예보에선 오늘 하루 종일 비.
잔뜩 찡그린 날씨에 우산을 들고 나왔는데
우울한 하늘은 그저 언짢기만 할 뿐 울진 않는다.
덕분에 가는 데마다 우산을 두고 나와
되돌아가길 반복한다.
오늘만 해도 세 번.
비가 올 때는 필요하지만
비가 오기 전까지는 거추장스러운 그것.
언짢은 마음에
더욱 흐려 보이는 하늘.

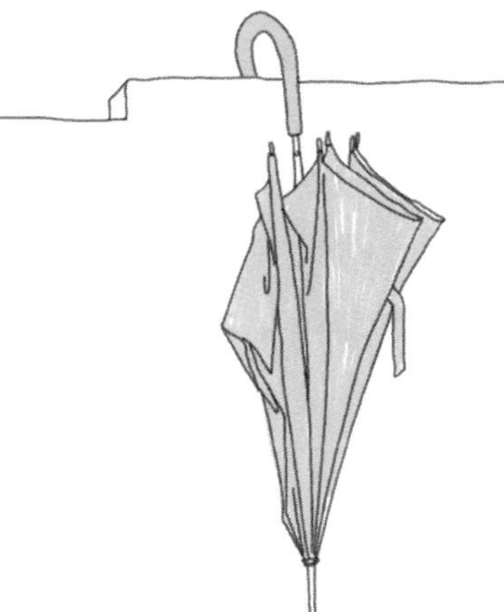

소나기를 만났다

드문드문 가로등이 켜진 어두운 골목길을 따라 걷다가 소나기를 만났다.
우산이 없어 조그마한 가게의 지붕 아래로 비를 피해 뛰어 들어갔다.
비가 그치기까지 아무것도 할 수 없는 잠시의 시간을 벌었다.

나는 여기서 무얼 하는 걸까.
하루에 열두 번도 더 하는 생각을 가로등 불빛 아래
타닥타닥 불타는 재처럼 떨어지는 비를 보며 하자니
항상 수면 위에만 둥둥 떠 있는 것 같던 생각이 깊어진다.

무언가를 향해 달리는 일 따위는 이제 지겹고
그런 열정을 불사를 만한 일도 없다고 생각했다.
아니 그런 일이 없었으면 좋겠다고 생각했다.
그렇게도 원하던 별일 없이 사는 내가 되었는데
왜 내 마음은 자꾸 별일이 있길 바라는 걸까.
목표 없는 삶은 살아도 목적 없는 삶만큼 궁핍한 게 없는 것 같다.
별일 없는 나는 좋아도 목적 없는 내가 되는 건 싫다.

툭툭 떨어지던 비가 그치고
이제는 우산 없이도 집까지 갈 수 있게 되었다.
지나가는 비처럼 생각도 그치고,
별일 없이 나는 집으로 간다.

아무도 확신할 수 없는 2퍼센트

살면서 무수한 결정을 하고
내가 하는 결정에 100퍼센트 확신한다고 말하지만
사실 난 아무도 확신할 수 없는 2퍼센트쯤은 남겨놓고 결정을 한다.
98퍼센트 확신하지만 어떻게 될지 모르는 2퍼센트.

삶은 수학공식이 아니라서
가끔은 예측할 수 없는 방향으로 흘러가기도 하니까
그럴 때를 대비해 2퍼센트 마음의 여유는 남겨두는 것이다.
그럼 조금 다른 방향으로 흘러가더라도
덜 후회할 수도 있으니까.

21.

감정의 전력질주

울고 싶을 때 울자.
울 수 있는 그 순간을 지나쳐버리면
다시 그 순간을 위해서는 울 수 없으니.
방황하고 싶으면 방황하고,
웃고 싶으면 소리 내어 크게 웃어도 보고.
대신 적당히 말고 온 힘을 다해
전력질주.

하얀 도화지와 수채 물감

가끔 하얀 도화지가 너무 크게 느껴질 때가 있다.
항상 그리던 스케치북인데 유난히 넓고 커서
어디서부터 그림을 시작해야 할지 모를 때가 있다.
산다는 건 하얀 도화지에 그림을 그리는 일 같다.
도화지의 크기는 이미 정해져 있고
그 위에 어떤 재료로 어떤 색의 그림을 그릴지는
온전히 스스로의 몫이다.

잘 그린 그림을 바라진 않지만,
내가 보기에 예쁜 그림이었으면 좋겠다.
누구의 맘에 드는 그림이 아니라
내 마음에 드는 그림을 그리는 일.

하얀 도화지가 조금은 두렵더라도
차근차근 스케치를 시작해봐야지.

골목길

나는 지금 앞이 보이지 않는 구불구불한 골목을 걷는 중이다.
이 코너를 돌면 뭐가 있을지 몰라 두렵기도 하지만
그래서 더 설렘 가득한 골목길.

귀여운 고양이가 튀어나올 수도 있고,
정원이 근사한 작고 예쁜 집이 나올 수도 있다.
어쩌면 막다른 길이 나올 수도 있고
커브를 돌던 자전거와 충돌해 잠시 넘어질 수도 있다.

그래도 괜찮다.
두려움만큼의 설렘이 있으니.

흘려보내기

어른이 되어가며 능숙해지는 건
그냥 가만히 내버려두는 일인 것 같다.
분노도
슬픔도
고통도
심지어 즐거움까지도
그냥 내버려두면 흘러가기 마련이다.

누구에게나 자기만의 결이 있다

지나가면 아무것도 아닐 일들에
너무 고민하며 살아가고 있는 건 아닌지.
몇 번의 힘들었던 순간을 거치고 나니
어떤 일에도 제법 무뎌져
나는 점점 단단해져 가는 듯싶다.

나무가 나이테를 만들어가듯이,
그리고 나이테의 모습이 다 다르듯이
사람에게도 자기만의 결이 있다고 생각한다.

아팠던 우리의 청춘이
그저 생채기만 남은
그런 시간은 아닐 거라고 나는 믿는다.

시간이 흐를수록
나의 몸과 마음에 선명하게 새겨지고 있는
결들을 보며
그 믿음을 확인하고 싶다.